PASSAGE DES LARMES

DU MÊME AUTEUR :

Aux Éditions Jean-Claude Lattès :
Aux États-Unis d'Afrique, roman, 2006, Babel, 2008.

Aux Éditions Gallimard :
Dans la collection « Continents Noirs »
Transit, roman, 2003.
Rift, routes, rails, variations romanesques, 2001.

Aux Éditions du Serpent à Plumes :
Moisson de crânes, nouvelles et essais, 2000, Motifs, 2004.
Balbala, roman, 1997, Folio, 2002.
Cahier nomade, nouvelles, 1996, Motifs, 1999.
Le Pays sans ombre, nouvelles, 1994, Motifs, 2000.

Aux Éditions Pierron :
Les nomades, mes frères, vont boire à la Grande Ourse, poème,
2000.

Aux Éditions Centre culturel français Arthur Rimbaud, Djibouti :
L'œil nomade, 1997.

www.editions-jclattes.fr

Abdourahman A. Waberi

PASSAGE DES LARMES

Roman

JC Lattès

ISBN : 978-2-7096-3107-5

© 2009, Éditions Jean-Claude Lattès
Première édition août 2009.

Pour Martina.

À la mémoire d'Omar Maalin,
poète djiboutien.

« La route vers la maison est plus belle
que la maison elle-même. »
Mahmoud Darwich

« Chacun effectuera avec son âme, telle l'hirondelle
avant l'orage, son vol indescriptible. »
Ossip Mandelstam

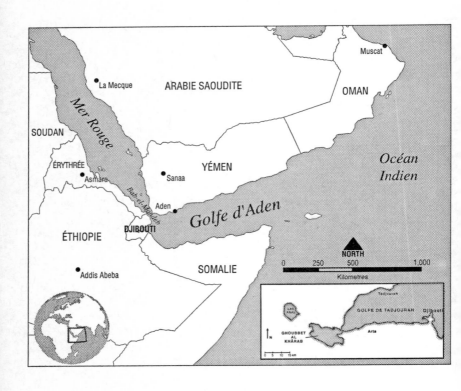

I

LES ÎLOTS DU DIABLE

Magnifique pièce d'eau indigo aux allures lacustres, le Goubbet al-Kharab est l'extrême pointe du golfe de Tadjourah, qui vient mourir non loin du lac Assal et de la zone volcanique de l'Ardoukoba dans un impressionnant décor de montagnes arides.

À l'intérieur du Goubbet : l'île du Diable (ou plus exactement les îlots du Diable), ancien cratère sous-marin au sommet duquel on a retrouvé des huîtres fossiles.

Une si longue absence

Carnet n° 1. Lundi 2 octobre.

Déjà trois jours que je suis de retour. Je suis revenu à Djibouti pour des raisons profession-nelles et non pour m'inviter à la table de la nostalgie ou rouvrir de vieilles blessures. J'ai vingt-neuf ans et je viens de signer un contrat avec une compagnie nord-américaine qui me vaut des émoluments substantiels. Je dois rendre le fruit de mon enquête qui satisfera, à coup sûr, son appétit d'ogre. Un dossier complet avec fiches, notes, plans, croquis et clichés photographiques qui devra être livré au bureau de Denver, dans le Colorado, dans les

13

meilleurs délais. J'ai une petite semaine pour conclure cette affaire. Je serai payé en dollars canadiens virés sur mon compte domicilié, comme moi, à Montréal. Passé la semaine, je ne suis plus couvert par la compagnie. C'est à mes frais. À mes risques et périls, m'a répété Ariel Klein, leur conseiller juridique, en fronçant le sourcil unique qu'il a aussi fourni que Frida Kahlo. Il m'a souhaité bonne chance en tournant les talons. J'ai pris la direction de l'aéroport avec ma petite valise de trappeur.

Me voici en mission dans le pays qui m'a vu naître et cependant n'a pas su ou n'a pas pu me garder auprès de lui. Je ne suis pas doué pour le chagrin, je le confesse. Je n'aime ni les adieux ni les retours ; j'abhorre toute forme d'effusion. Le passé m'intéresse moins que l'avenir et mon temps est très précieux. Il a la couleur du billet vert. Dans le monde d'où je viens, le temps n'est pas un étirement nébuleux. Le temps, c'est de l'argent. Et l'argent, c'est ce qui fait tourner le monde. C'est la Bourse avec ses flux de pixels, d'algorithmes, de chiffres, de denrées, de produits manufacturés, d'indices signalétiques, d'idées, de sons, d'images ou de simulacres qui tombent sur les écrans du monde. C'est l'élan vital de l'univers, la mise à mort du concurrent et le gain du marché convoité.

Je suis de retour. Pour une mission pas plus difficile, ni plus facile qu'une autre. Voilà trois jours que je traîne mes yeux et mes oreilles un peu partout afin de percer le mystère des grandes manœuvres qui ont commencé avant mon arrivée. Depuis ce mercredi 28 septembre où j'ai reçu un coup de fil mystérieux, et avant le vol Montréal-Djibouti *via* Paris du lendemain, je traque de menus indices à la manière du géologue prospecteur jamais à court de nappes aquifères et de puits de pétrole à forer.

Hier, juste avant d'écouter l'édition de 17 heures du journal de la BBC, émis depuis Londres, en langue somalie, j'ai rédigé mon premier rapport :

Quelque part entre Assab et Zeïlah en passant par le golfe de Tadjourah, il est une terre sans eau. Une terre rocailleuse, labourée par les pas têtus de l'homme. Surgie du chaos préhistorique, elle fut autrefois plus verdoyante que l'Amazonie. Et depuis le soleil n'a de cesse de se rajeunir avec la sève de ses propres incendies. Les hommes, eux, sont là depuis la nuit des temps, les pieds poudrés par la poussière de la marche, l'esprit dévalant les galets du temps. Les hommes de ce vieux pays attendent toujours quelque chose : un orage, un messie ou un séisme. Heureusement, il y a du

*brouillard. Une véritable purée de pois qui tombe
et s'installe pour la journée. Alertes, les hommes
ont tendu un piège au brouillard. Leur système est
diabolique. D'imposantes toiles de soixante-dix
mètres carrés – dons des forces américaines – ont
été étalées sur la plage de part et d'autre d'un
périmètre grand comme un terrain de football.
Elles ne sont pas destinées aux besoins d'un cinéma
en plein air mais servent à collecter cette eau de
brouillard. Les minuscules particules qui flottent
en suspension dans l'air sont prises dans les mailles
du filet, puis se déversent dans une gouttière reliée
à un tuyau. L'eau ainsi obtenue est filtrée, débar-
rassée des effluves d'hydrocarbure. Elle a bon goût,
bien que riche en sodium et en calcium. Le
brouillard peut produire plusieurs litres d'eau par
jour mais il est, par nature, imprévisible. Il arrive
que cette manne capricieuse subvienne aux besoins
quotidiens de plusieurs familles chassées de la capitale. Autant que je peux me fier aux apparences,
les jeunes d'ici sont d'excellents chasseurs de
brouillard.* Carnet n° 1, note n° 1, rubrique cli-
matique.

Je rassemble ainsi mes notes et consigne ma
moisson dans des carnets de moleskine bleu
nuit de petit format, numérotés de 1 à 10. Je
forme le vœu que ces notes m'aideront à mener

mon enquête jusqu'à son terme : une fois ras-
semblées, vérifiées, analysées et comparées, une
ligne directrice émergera des flots. Un dessein
verra le jour. Mes commanditaires en tireront
le meilleur profit. Les magnats de l'uranium
– qui parient sur l'extinction du pétrole et le
retour en grâce du nucléaire – mettront sur la
table des milliards de dollars une fois la bataille
de la sécurité gagnée. Ils sont alléchés, je cite de
mémoire les premiers mots de ma fiche de mission, *par cette région longtemps délaissée qui
détient un potentiel uranifère significatif par sa
surface et son profil géologique.*

Ma mission consiste à prendre la température du terrain, à m'assurer que le pays est sûr,
que la situation est stable et que les terroristes
sont sous contrôle. L'information est le nerf de
l'économie mondiale en temps de guerre, son
secteur le plus porteur. Des centaines d'entreprises, jeunes et dynamiques, se lancent dans
ce segment largement soutenu par les pouvoirs
politiques depuis le 11 septembre.

Les Américains ont, ces dernières années, à
cœur de combler rapidement leur profonde
ignorance du reste du monde. Les universités
recrutent à tour de bras des professeurs d'arabe,
de persan, de lingala, ou de turkmène. Elles

créent des nouvelles chaires pour rattraper le temps perdu. De toutes les activités déployées par Washington, le renseignement prime sur le reste. Bien sûr, toutes les entreprises qui se sont engouffrées dans ce secteur ne pratiquent pas le renseignement militaire. Certaines ont recours à des cohortes de traducteurs et aux locuteurs des langues les plus obscures. Elles envoient périodiquement à la CIA et aux grands conglomérats militaro-industriels des fiches confidentielles qui complètent les données recueillies dans les pays concernés par les ambassades et les canaux habituels du renseignement.

D'autres entreprises mettent leurs compétences aiguës au service de l'État et de la protection civile moyennant finances. La concurrence effrénée entre ces entreprises d'un nouveau genre fait le reste. Les petits as de la cybernétique marchent main dans la main avec les cerveaux et les faucons du Pentagone. Ainsi, les indices biométriques mesurant les caractéristiques physiques propres à chaque individu tels les traits faciaux, les empreintes digitales ou les scanners de l'iris sont traduits en algorithmes et inscrits dans chaque passeport sous forme de codes-barres. Cette technologie n'a pu s'étendre à tous les points d'entrée du territoire américain et en si peu de temps qu'avec le concours de ces nouvelles entreprises comme la nôtre, la société d'intelligence économique *Adorno Location Scouting*, installée à Denver, dans le Colorado.

Notre groupe, initialement spécialisé dans le repérage des sites et la logistique pour les équipes de tournage, a pu croître sans cesse ces dernières années dans son segment de marché. Des milliers d'agents fédéraux, d'employés des compagnies d'aviation et d'auxiliaires de la protection civile ont suivi des semaines de stage au sein d'entreprises similaires. Cela s'appelle l'externalisation, une pratique venue du monde de l'entreprise et utilisée sans état d'âme par les puissances étatiques. La moitié des soldats américains opérant en Irak se composent d'individus recrutés par des officines privées. Ils n'entrent pas dans les statistiques. En cas de pépin, aucune perte à enregistrer, aucun communiqué à la presse.

Tout le monde fait la même chose. Les Britanniques ont confié récemment la protection de leurs ambassades et de leurs consulats à Kaboul, à Islamabad, à Nairobi et ailleurs, aux mêmes officines. Aux mêmes unités de sécurité, dit-on en jargon protocolaire.

Et me voilà à Djibouti, une case essentielle sur l'échiquier géopolitique toujours mouvant. Parti en un temps record avec une petite valise. Objectif : renseignement + rentabilité. Mobilité, discrétion et efficacité : les trois mots-clefs de notre groupe qui opère, cela va de soi, à visage couvert. Un groupe passé maître en simulacres et simulations.

Je suis de retour. Je ne dois rien laisser au hasard et me fier à mon intuition car, à travers les siècles et les roches, tout ici fait signe et sens. L'anecdote la plus banale peut se révéler être la pièce manquante du puzzle. Le plus petit indice qui vous conduit jusqu'au sésame recherché. Les choses les plus visibles sont souvent les plus difficiles à saisir. Ça me rappelle la nouvelle d'Edgar Allan Poe, *La Lettre volée*, que j'ai relu dans l'avion qui me menait jusqu'ici. Le détective Auguste Dupin retrouvait la missive que tout le monde cherchait, laquelle était pourtant bien en évidence sur le bureau du coupable. Ces choses-là arrivent plus souvent qu'on ne l'imagine.

Il ne me reste plus qu'une poignée de jours pour boucler mon affaire avant le week-end qui commence le jeudi depuis que le gouvernement a changé, il y a quinze ou vingt ans, le calendrier pour signifier aux puissances régionales combien il était pressé de rejoindre le camp d'Allah. Le pays nouvellement décolonisé quittait ainsi l'orbite occidentale et son calendrier grégorien pour le giron ancestral et musulman. Ancestral ? Passons.

Il me faut accélérer la cadence, sans me précipiter pour autant car il ne s'agit pas non plus d'une mission coup de poing. Du genre *Hit and Run*, comme diraient les agents du Mossad avec lesquels nous entretenons, du reste, d'excellentes relations. Il me faut prendre la température et laisser la nature entrer en moi, imprégner mes sensations, aiguiser mes facultés cognitives. Je reste localisable et joignable vingt-quatre heures sur vingt-quatre, sept jours sur sept. À tout moment je me tiens prêt à rendre compte de ma mission à mon supérieur, le chef de la section Global Logistics qui, à cette heure-ci, doit skier avec sa petite famille.

Ce n'est pas la neige qui manque dans les Rocheuses, ai-je pensé en écoutant d'une oreille distraite les doléances de mes amis d'enfance. Ils arrivent par grappes, les mains ballantes, la prunelle aux aguets. Ils veulent me voir « après toutes ces années d'absence », lâchent-ils en prenant des airs de conspirateurs. Je sais qu'ils viennent non pas pour mes beaux yeux mais pour jauger un objet de curiosité : l'autochtone devenu canadien. Pour me soutirer de l'argent aussi, la plupart du temps un billet de 2000 francs djiboutiens, soit l'équivalent de 12 dollars américains. Un seul ne viendra pas se prêter à cette mauvaise comédie : mon frère Djamal que je n'ai pas revu depuis mes 18 ans. Il a trop de fierté pour se mêler à ces parasites.

Ils me font tous le numéro du rescapé économique. Ils seraient courageux et pas du tout chanceux. Ils se lèveraient aux aurores mais c'est sans compter avec le favoritisme, le chômage, la corruption et toutes les injustices du monde. Ils arborent le même costume de clown triste ; ils aiment s'apitoyer sur leur sort. Le seul droit que les gens veulent exercer, c'est celui de la boucler ou de quitter ce pays le plus vite possible. Je les écoute d'une oreille plus que distraite et continue à prendre des notes pour mon enquête.

J'ai un œil exercé pour saisir le moindre détail au creux d'un visage comme au fond d'un paysage. Le léger poil qui dépasse de la narine ou le plus banal assemblage de pierres dans la brousse, rien ne doit échapper à ma vigilance. Il y a un nombre impressionnant de visages tordus, de goitreux ou de tuberculeux.

Une si longue absence

Je n'en aurais jamais vu autant du temps de ma jeunesse, du temps où mon père et ma mère étaient encore vivants. Il y a davantage de mouvements migratoires dans la région, davantage de pauvreté aussi.

Je suis payé pour scruter ce pays à l'endroit comme à l'envers. Pour tout consigner, analyser, passer au scanner s'il le faut. Chaque saisie sera pesée et soupesée. Photographiée sur toutes les coutures. Chaque cliché agrandi au centième ou au millième. Expédié instantanément aux bureaux de l'*Adorno Location Scouting* qui, reliés à leurs agents sur les cinq continents, restent ouverts vingt-quatre heures sur vingt-quatre, sept jours sur sept.

Alif.[1]

Au nom d'Allah le Miséricordieux, plein de miséricorde. Louange à Allah le Seigneur des mondes. Le Miséricordieux, plein de miséricorde, le Maître du jour du Jugement. C'est Allah que nous adorons, c'est Allah que nous implorons. Allah qui nous conduit vers le droit chemin, le chemin de ceux qu'Allah comble de bienfaits, non de ceux qui irritent Allah ni de ceux qui s'égarent de Son chemin.

Ô toi l'étranger, réveille-toi !
Ouvre tes oreilles avant qu'il ne soit trop

---

1. Certains chapitres seront ponctués par seize des 28 lettres de l'alphabet arabe : Alif. Ba. Ta. Tha. Jim. Ha. Kha. Dal. Dhal. Ra. Zay. Sin. Shin. Sad. Dhad. Ta. Za. Aïn. Ghaïn. Fa. Qaf. Kaf. Lâm. Mîm. Noun. Ha. Waw. Ya. (Note de l'éditeur.)

tard ! Regarde de tous tes yeux ! Regarde ! Nous savons que tu es de retour, tu es descendu dans le grand hôtel face à la mer. Tu te déplaces beaucoup, seul le plus souvent. Nous surveillons tes faits et gestes. Nous sommes ici, ailleurs. Nous sommes partout. Nous sommes près de toi – si près de toi au point de sentir les muscles de ton cou se contracter, tes veines jugulaires drainer le sang au cerveau et tes glandes sudoripares accélérer la production de sueur. Ce n'est pas ton petit sac en cuir et ton bric-à-brac électronique qui te protégeront de nos actions. Elles viendront en temps voulu, s'il plaît au Miséricordieux plein de miséricorde ! Chacun de nos gestes, chaque pas que l'on fait, chaque souffle humain, chaque brin d'herbe, rien n'existe hors de Sa volonté. Tu devrais le savoir, à quoi bon te rappeler l'étendue de Son pouvoir.

Nous savons qui tu es et nous allons bientôt savoir pourquoi tu es de retour. En attendant, laisse-moi te dire que je suivrai personnellement ton enquête avec un intérêt tout particulier.

À peine débarqué, tu distribues de gros billets pour te racheter, étouffer dans l'œuf ta culpabilité ou te donner de l'étoffe. Mais tu restes mesquin, tu ne vas pas non plus jusqu'au bout de ta générosité. Avec ton crâne dégarni et tes petites lunettes d'intellectuel, tu louvoies comme un serpent des sables. Si tu veux continuer à faire ton important, sache que je ne suis rien, moi. Rien qu'un modeste serviteur, une abeille dans l'échelle de nos valeurs coraniques.

Je ne suis que le scribe de notre très pieux et très vénérable Maître. Je suis le tison qui repart sous le souffle de sa parole. Nous sommes, lui et moi, condamnés à mort, paraît-il. Mais tu dois savoir tout de notre sort, n'est-ce pas ? Nous sommes embastillés dans une prison de haute sécurité, totalement isolée, située sur une île déserte au fond du golfe de Tadjourah. Un grand gaillard aux lèvres scellées nous glisse une assiette de riz blanc sous la porte de notre cellule, une fois par jour. Clic et clac ! Il est notre seul contact avec le monde.

Nous sommes condamnés à mort, disent-ils. Qui peut envoyer à la potence quelqu'un d'autre en ignorant à ce point qu'Allah l'Omnipotent est l'unique régent ? Qui peut nier que notre vie est entre les mains de l'Éternel ? Moi, je ne suis que le frêle poignet de mon vénérable Maître. J'écris sous sa dictée. Je vis auprès de lui depuis si longtemps que les mots passent de sa sainte bouche à ma main sans anicroche.

Je m'honore de le servir avec constance et passion.

Tu ne dois pas comprendre ma disposition. Tu n'es pas de ce monde. Tu n'es plus de ce monde. Nos routes se sont séparées très tôt, par la grâce de l'Omniscient. Nous ne fréquentons pas les mêmes gens ; nous n'habitons pas les mêmes villes. Nous ne respirons pas le même air. Nous sommes, l'un à l'autre, aussi antagoniques que le jour et la nuit. Tu n'aurais jamais dû refouler cette terre. À présent, c'est trop tard. Tu boiras le calice jusqu'à la lie. Dans l'immédiat, nous avons d'autres tâches bien plus importantes que le petit défi que représente, pour nous, ton retour. Nous les accomplirons avec le concours du Miséricordieux, plein de miséricorde.

On m'appelle Djib !

Carnet n° 1. Mardi 3 octobre.

Hier j'ai quitté à l'aube le plus grand hôtel du pays et j'ai pris la direction du golfe de Tadjourah, berceau de tous les trafics maritimes. J'opérais avec un chapeau de paille, acheté place Ménélik, pour seul déguisement. Dans le boutre peu sécurisé, malmené par la houle du petit matin, j'avais tout l'air du touriste tisonné par la nostalgie, retrouvant, les larmes aux yeux, les charmes de son pays qu'il ne fréquente plus qu'à travers Internet Explorer et Google Maps.

Je ne tiens pas à attirer les regards. J'ai fait

mes classes dans un secteur particulier du monde des affaires internationales. Je fais partie de cette nouvelle élite sans attaches, partout chez elle et partout étrangère.

Les États sont aujourd'hui en perte de vitesse, en voie de dénationalisation dans le grand tableau de la globalisation. Ils voient s'émietter des pans entiers de leur souveraineté au profit des conglomérats. Pris dans la toile des réseaux d'information qui rendent plus visible leur incapacité à contrôler les données bancaires comme les slogans des mouvements activistes, les États s'organisent, à leur tour, pour se sortir de cette nasse.

Je suis formé pour désorganiser ces États, les affaiblir davantage au profit des multinationales et de leurs actionnaires. C'est un travail lucratif qui n'est pas sans danger. Le chapeau de paille et la chemise à fleur, achetés chez un commerçant indien de la place Ménélik, sont ma meilleure tenue de camouflage.

À bord du boutre, je lisais *La Nation*, le seul journal du pays. Gouvernemental, bien entendu. Un article, vieux de deux jours, minimisait la puissance de feu des groupes islamistes qui contrôlent l'arrière-pays. J'arborais un masque inexpressif par automatisme,

essuyant sans broncher les railleries du mécanicien, un type efflanqué et sans âge mais tout
en muscles, noueux et plus agile qu'un félin.
Jamais je ne commencerais une bagarre avec
lui. D'un, il faut savoir se maîtriser ; garder
son sang-froid d'analyste. De deux, ce serait
une faute professionnelle. De trois, je risque
de me faire battre comme plâtre car je manque
de souffle ces derniers temps.

Face à mon silence, il a pensé que je ne
parlais pas les langues du pays. Pendant les
quarante-deux minutes qu'a duré cette traver-
sée, aucun mot n'est sorti de ma bouche. J'ai
lu et relu l'article daté du samedi 30 septembre
pour me donner une contenance.

Soudain, tout le monde a sauté à terre. Les
pêcheurs et les îliens ont bien d'autres tâches
qui les attendent pour la journée. Le boutre
repartait dans la demi-heure, le temps de lar-
guer sa marchandise et de nettoyer le pont à
grands seaux d'eau. J'ai regagné Djibouti avant
la tombée de la nuit, par le même boutre qui a
bouclé quatre allers-retours sous un ciel d'un
bleu métallique.

Curieusement, le mécanicien querelleur
n'était pas là au retour. Il devait cuver son
khat dans je ne sais quel port ou plonger avec
des touristes en quête d'extase sous-marine. À

31

l'exception de quelques clichés inexploitables, de deux ou trois esquisses et d'une poignée de sable fin, ma moisson a été nulle sur les îlots du Diable. Je comptais voir de près l'état des routes, prendre la température sociale dans ce district connu pour sa résistance aux diktats de la capitale et recueillir quelques informations sur la prison de haute sécurité qui revient dans toutes les conversations.

Et pourtant devant ces îlots où tout n'est que calme et alizés, dans ce golfe aux eaux traîtresses, une nouvelle page d'histoire se profile. Une page ambiguë qui jure avec la beauté austère des déserts de pierre. Les deux îlots sont appelés communément l'île du Diable tout comme leur célèbre homonyme de Guyane. Eux aussi servirent de bagne, à une moindre échelle. À présent, ils sont à l'aube d'une nouvelle aventure.

La presse régionale ne manque pas de relater dans ses colonnes la genèse de cette « extraordinaire aventure humaine ». Combien de kilomètres d'entrepôts construits, de voies tracées, de tunnels creusés, de dunes dynamitées ? Combien de tonnes de sable déterré, de pierres assemblées, de cimetières rasés, de familles déplacées ? Combien de milliards de dollars convertis en francs djiboutiens avant d'être empruntés, investis ou échangés ? Combien de bras usés ? Combien de zombis au corps défait et à l'esprit dévoré de chimères ont été laissés sur le carreau ? Aucune statistique. Silence poli.

Bienvenue au nouveau parc industriel désiré et dessiné par Dubai. La vitrine des Émirats arabes unis dans la Corne de l'Afrique. Un havre de paix à fleur de sel. Des projets, encore des projets, toujours des projets. Telle est la nouvelle fièvre qui a saisi le pays. Il en est même un projet proprement pharaonique : la construction du pont le plus long du monde. Oui, ici même, dans ce coin d'Afrique aux allures de *far west* miniature. Tout a été décidé : le plan, le budget, les matériaux et le reste. Le pont sera construit, jure-t-on, dans moins de deux ans. Il sauvera du chômage des milliers d'individus. Il flattera l'orgueil démesuré de deux chefs d'État. Il enjambera la mer Rouge et reliera le Yémen et Djibouti, autrement dit l'Asie et l'Afrique. Long de vingt-neuf kilomètres cinq cent, il verra le jour avec l'aide du Précieux sans Qui rien n'est possible ! Plus prosaïquement, il sera l'œuvre de la fameuse Middle East Development Corporation, l'entreprise de BTP du Saoudien Tarek Mohammed Bin Laden. Sa conception technique a déjà été confiée à la Noor City Development, un bureau d'architectes installé en Californie, dans la Silicon Valley. Une ville nouvelle, baptisée Madinat an-Noor ou Ville Lumière, surgira. Elle aura une sœur jumelle sur la rive yéménite. Davantage que le nez de Cléopâtre, ce pont changera la face de cette région du monde.

Plus rien n'a filtré depuis la conférence de presse que j'avais suivie par vidéoconférence. Pourtant, le faste déployé lors de la présentation du projet avait laissé groggy plus d'un journaliste étranger, affrété spécialement de Londres, de Paris, de New York, de Singapour, de Doha et d'Abu Dhabi. À qui profite la manne soudainement chue du ciel ? Et les dizaines de millions dépensés rien que pour cette opération de charme ?

Il n'est pas facile d'obtenir le moindre indice. On se méfie de tout. On se méfie de moi, l'autochtone devenu étranger, sans turban ni barbe de surcroît. Cependant, il m'a suffi de suivre le regard d'un berger croisé sur la crête d'une colline ou d'observer la nervosité du portefaix – un enfant aux allures de vieillard – qui a soulevé ma valise sur le perron de l'aéroport d'Ambouli, pour sentir chez l'un et chez l'autre la rage et la frustration qui macèrent.

On m'appelle Djib !

Denise, ma compagne québécoise, m'avait prévenu lorsqu'on trempe un pied dans cette contrée, on brûle de s'y plonger tout entier et d'y entraîner les autres. Bienvenue dans l'œil du cyclone. Le désert du silence. Le paradis pour nouveaux riches *made in Dubai*.

Depuis que les forces armées américaines y ont élu domicile, la petite république de Djibouti bénéficie d'un regain d'intérêt. La France, l'allié historique, ne menace plus de l'abandonner à son triste sort – la famine, la guerre et l'oubli. Ni à ses trois voisins faméliques et belliqueux : la Somalie, l'Éthiopie et l'Érythrée. La France continue à trôner en gloire et majesté à défaut d'inspirer. À coups de dépêches, d'études et de missions, elle poursuit son travail de sape en rappelant encore et toujours sa générosité sans limites. Elle considère la population comme un ramassis de mendiants. Rien que des mendiants, accrochés à la drogue locale de midi à minuit.

Cependant il y a toujours un Dieu, dirait Denise, pour les damnés de la terre. La guerre contre la terreur, voilà l'arme miraculeuse. Cette *war on terror* comme la scandent tous les éditorialistes américains, depuis le *New York Times* jusqu'au *San Diego Union-Tribune*,

reprenant au bond le nouvel évangile de la Mai-
son-Blanche, a changé la donne : le malheur des
uns fait la survie des autres. Le nouvel ordre
mondial, voilà la belle aubaine pour les gens
d'ici. Cette doctrine est l'épine dorsale, le flux
sanguin qui irrigue conjointement le Pentagone,
Wall Street et K Street, la rue de Washington où
se concentrent nombre de lobbys.

Ici, ils sont une petite poignée à festoyer
bruyamment, à arborer des grands drapeaux
américains. À rouler les mécaniques, à traîner
Afghans, Palestiniens et Irakiens dans la boue.
À garder pour eux, par voie de ruse ou de violence, les retombées de cette manne financière.
Je dois avouer que le nouvel ordre mondial a
changé la donne pour moi aussi. J'étais sur le
point de prendre un congé forcé, retaper une
vieille baraque dans la Vallée de la Gatineau
avant de reprendre, au printemps, mon poste
d'assistant vacataire au sein du Laboratoire
« Réseaux d'information numérisée » de l'université McGill, à Montréal. Et me voilà avec
un nouveau contrat, ou plus exactement une
nouvelle mission comme on dit dans notre jargon. La guerre, c'est connu, ça n'attend pas. Et
ça n'a pas que des inconvénients. Ça relance les
affaires et fortifie les muscles de la Bourse. Le

négoce ne prenant jamais de repos, les hostilités non plus. Il y a toujours de nouveaux marchés à prospecter, de nouveaux partenaires à consulter, de nouveaux logos à dessiner, de nouveaux axes à ouvrir et de nouveaux maîtres à conseiller. Je suis un maillon de cette chaîne de commandement transnationale. Un petit soldat de l'ombre.

Je m'appelle Djibril pour l'état civil. On m'appelle Djib depuis ma plus tendre enfance. *Call me Djib, that's it!* J'avoue que c'est très commode en Amérique du Nord où des gens, venus des quatre coins de la planète, se coudoient, coopèrent et échangent avec le plus grand naturel, reléguant dans le passé tout ce qui peut entraver la bonne marche des affaires. Patronymes imprononçables et marqueurs identitaires sont broyés, simplifiés, raccourcis. Ailleurs et hier oubliés. Le passé est mort, vive l'avenir!

Call me Djib! J'ai appris à faire comme eux. Court, lisse et efficace. Pas de temps pour les longues explications historiques et généalogiques. Pourtant, ici, il y a une légende qui me poursuit depuis ma naissance. On m'appellerait Djib comme cette ville et ce pays couleur de sirocco. Je suis né le 26 juin 1977, la veille de l'Indépendance. Je suis plus vieux d'un jour que le drapeau national hissé le 27 à minuit passé, sur un terrain vague qui jouxtait le quartier d'Arhiba. À minuit et des poussières, Djamal, mon frère jumeau, poussait son premier cri dans la cour familiale et sans le concours d'une sage-femme. Expulsé vingt-huit minutes avant mon frère, encore hébété à la manière de l'escargot inopérant dans sa bave, je fus le premier à saluer le drapeau hissé. J'étais sain et pleurais fort. Pas mon frère qui a manqué ne jamais pousser son premier cri. Il garde les stigmates de sa naissance difficile : un crâne plus allongé et un corps plus chétif.

Sur le terrain marécageux où, jadis, nous courions à perdre haleine après un ballon dégonflé, le principal stade de football du pays, un centre commercial, des lotissements et même des villas pour expatriés ont été érigés. Je me souviens qu'en classe de CP, dans la cour de récréation, nous étions une petite bande à être nés le même soir historique.

Tout cela est bien loin. Je n'ai plus de nouvelles de ma famille, ni de mon frère jumeau surnommé « Numéro 28 » ou, plus fréquemment, « Mister 28 » parce qu'il avait vu le jour

On m'appelle Djib!

vingt-huit minutes après moi. Je l'appelais aussi « Petit frère » parce qu'à cet âge, le droit d'aînesse, fût-il d'une demi-heure, est quelque chose de sacré. Tout cela est loin, très loin. Le passé est mort, vive l'avenir. *Call me Djib!* J'ai appris, en Amérique du Nord, à faire court, lisse et efficace.

   — *How you doing today, sir?*
   — *Oh! Thanks. My name is Djib! Call me Djib!*

Ba.

Au nom d'Allah le Miséricordieux, plein de miséricorde. Louange à Allah le Seigneur des mondes. Le Miséricordieux, plein de miséricorde, le Maître du jour du Jugement.

Ô toi le serpent des sables sache que le jour du Jugement dernier n'est pas pour aujourd'hui ! Par la grâce du Généreux, nous avons droit depuis l'aube à une douce journée. Une pluie fine s'est mise à tomber tôt, nous offrant sa fraîcheur. Ah ! Qu'il est enviable notre îlot de relégation à travers les particules d'eau, jusqu'au creux de cette cellule isolée ! Notre sort est supportable en ces instants vaporeux où tout est mystère et silence. Louons notre Seigneur pour ses œuvres ici-bas. On se sent revigoré par cette bénédiction qu'aucun novice à la recherche du Très-Haut n'aurait reniée.

Si toi l'apprenti enquêteur tu étais des nôtres, je t'aurais adressé une prière, à toi aussi, en disant ceci : « Que cette journée soit tout ce que tu souhaites qu'elle soit. Que la paix du Majestueux repose dans tes pensées, prenne contrôle de tes rêves dès cet instant et que toutes tes craintes soient définitivement vaincues. Que Dieu Lui-Même se Manifeste aujourd'hui d'une manière exceptionnelle, que tu n'as jamais expérimentée auparavant. Que tes joyeux désirs soient accomplis, que tes rêves se réalisent et tes vœux soient exaucés. Je prie pour que ta foi prenne une nouvelle dimension. Je prie pour que ton territoire s'élargisse et je prie pour que tu fasses un grand pas dans ton destin au sein du ministère auquel le Prophète Mohamed nous a appelés. Je prie pour la paix, la santé, le bonheur et le vrai amour impérissable de l'Unique. » Voilà ce que j'aurais dit. Mais encore faudrait-il avoir les bonnes oreilles pour entendre une telle prière !

Écoute cette petite histoire si tu as un peu de temps à consacrer aux choses spirituelles. Pour courir après le virtuel et le factice, je ne me fais

Ba.

pas de soucis pour toi. Tu es un champion pour ça. Mais écoute.

Jadis les hommes, les animaux, les plantes et toutes les créatures de la terre d'Allah vivaient en bonne intelligence. Un jour, le hibou est sorti du rang. Il a propagé, rappelle-toi, la mauvaise nouvelle sur toute la surface de la terre des hommes. Il a dévoilé à l'ennemi la cachette de notre Prophète Mohammed, que son nom soit loué éternellement ! Depuis ce jour le hibou tournicote dans le voisinage de Satan.

Tu es de la même espèce que cet oiseau de mauvais augure. Car seul celui qui a perdu son image et son langage, celui qui a perdu ses empreintes et son ombre, seul celui-là récite des versets sataniques et se rallie à la compagnie du Diable. Et celui qui souffre de pertes de mémoire passagères n'a d'autre recours que la récitation des hadiths. Tous les qualificatifs divins et toutes les sourates viendront à lui s'il ouvre grand son cœur. Humblement, il doit les accueillir dans son for intérieur. Et il retrouvera le bon et droit chemin, s'il plaît au Magnanime ! Amin.

Des Marines, des mirages

Carnet n° 1. Mardi 3 octobre. Après-midi.

Comme un mirage, ils firent leur apparition
sur la crête de la première dune. Ils marchaient.
Je me souviens de leur allure comme si c'était
hier. C'était lors de notre première randonnée
familiale dans l'arrière-pays. Djamal et moi
nous avions six ans.

Ils marchaient. On aurait pu les repérer de
loin, depuis que ces nomades avaient franchi
le grand gouffre au pied du massif du Goda.
Nimbés par un voile de poussière, ils marchaient, dévalant les roches du temps. Ils
avaient gravi par paliers le plateau rocailleux,

45

contourné le golfe. Ils mirent cap au sud. Les hommes marchaient en tête de la caravane, les dromadaires les talonnaient. Puis les garçons suivis par les filles, l'âne, les moutons et les chèvres. Les enfants trop jeunes fermaient la caravane avec les femmes. De temps à autre, une main essuyait la sueur qui lui ridait le front. Une main qui ignorait, à cet instant, et la faim et la soif. Les outres épousaient le dos des femmes. Les fusils barraient l'échine des hommes. Deux ou trois garçonnets de notre âge, torse nu, couraient devant les pieds des dromadaires. Pas un instant, ils ne s'arrêtèrent. Dieu seul sait vers quel but ils cheminaient. Ils marchaient toujours, leur silhouette s'évanouissant sur le fil de l'horizon. Rien ne les séparait de nous autres sédentaires sinon quelques détails vestimentaires. Sinon cette habitude de fixer le lointain ou d'observer le vol d'un condor. Ils marchaient comme jadis grand-père Assod né, lui aussi, dans un campement dont personne ne pouvait nous rappeler le nom.

Grand-père Assod avait parcouru les terres, les airs et même les mers. Il avait joui partout d'une liberté qu'il voulait illimitée. Il avait été écuyer, marin, soldat, pèlerin cinq ou six fois, cuisinier pour le compte de la Marine française, garde-chiourme au bagne de Guyane, le plus austère de tous, sur l'île du Diable, là précisément où le capitaine Dreyfus avait été interné pendant quatre longues années. Et, bien sûr, nomade comme tous nos ancêtres. Mais avant de mourir, oui avant que le Ciel ne devienne sa dernière patrie, grand-père Assod ne se fiait pas encore au monde moderne et à ses accessoires comme le téléphone, le réfrigérateur ou la télévision. Ses fils, citadins jusqu'au bout des orteils, se méfiaient d'un objet aussi ordinaire que le téléphone. Ils n'en usaient qu'à contre-cœur, en cas d'urgence.

« Cette machine me tourmente, je ne vois jamais le visage de celui qui me parle », se plaignit-il un jour en raccrochant le combiné de nos voisins. Il n'avait pas remarqué les trois mouches noyées dans le fond de la bouteille de Fanta à côté de l'appareil. Nous si. Djamal et moi, nous avions toujours eu un œil pour les détails microscopiques. Notre famille n'était pas assez riche pour avoir un poste à la maison – la bicoque serait plus près de la réalité. Il nous fallait traverser la rue pour passer un message ou, plus rarement, prendre un appel.

« Grand-père, tout ce qui est nouveau fait peur », voilà ce que nous lui répondîmes en chœur, du haut de nos douze ans réunis. Pour une fois, il ne nous écoutait pas au grand dam de « Petit frère », beaucoup plus irascible que moi.

En ce temps-là, aucun adulte ne faisait attention à nous. Surtout pas notre père. Grand-père et son fils aîné, notre père, étaient très différents. Si grand-père Assod était tendre et affectueux, père, lui, était de la même espèce que ses cousins, ses voisins et ses amis avec lesquels il priait quatre des cinq prières quotidiennes – la prière de l'aube se passant dans la chambre commune plongée dans la nuit. Pourquoi aurait-il prêté attention à nos remarques, à nos interrogations qui n'angoissaient que nos pauvres âmes de gosse ? Pourquoi aurait-il été si différent des autres pères ? Il n'y avait aucune raison. N'avait-il pas bu le même lait aigre-doux que les hommes de son clan ? N'avait-il pas porté la même touffe de cheveux avant l'adolescence ? N'avait-il pas couru après les mêmes chamelons au même âge en chantant le refrain des petits bergers ? N'avait-il pris pour épouse une cousine éloignée qu'il n'avait jamais vue auparavant et dont le nom lui avait été soufflé, quelques semaines avant les épousailles, par les matrones qu'il appelait affectueusement « mes tantes » et qui n'étaient pas ses vraies tantes mais simplement des cousines de sa mère ou plus exactement des femmes du même clan que sa mère ? Ne pensait-il pas que la terre était plate comme une bouse de vache ?

Et pourtant, nous désirions tant un père si différent, si accessible, si proche que nous sentirions la caresse de son souffle sur la nuque. Pourquoi aurions-nous joui de ce privilège ? Qu'avions-nous de plus, mon frère jumeau et moi, que les autres enfants du quartier pour prétendre à plus d'attention, de chaleur et d'affection ?

« Père ! » Le cri de « Petit frère » contrarié traversait les cloisons et montait au ciel. « Père ! » Je l'imitais aussitôt.

« Maudit soit votre père ! » répliquait notre mère. Ou alors était-ce une autre voix, surgie de la nuit ?

Venir au monde dans pareille famille n'était pas une mince affaire.

J'ai presque trente ans à présent. J'ai beaucoup changé. Ici aussi tout est bouleversé et pourtant rien n'a changé alentour. Il faut s'y prendre à deux fois pour se faire une idée. Le pays mue sous nos yeux écarquillés. Nos yeux impatients de voir s'accomplir quelque chose comme une prédiction. La preuve, ces nouveaux chantiers qui ont poussé comme des champignons. La preuve, l'extension de la capitale saisie par la fièvre de la croissance impulsée depuis la fédération des Émirats arabes unis. Mon petit pays a séduit, par sa position et sa stabilité, les grands stratèges du Pentagone et les hommes d'affaires du golfe Persique, Dubai en tête. Cette union est logique, leurs intérêts sont communs.

Ce que les médias les plus informés annonçaient comme une hypothèse d'école est devenue réalité. Après avoir investi une première base, tout près de l'aéroport d'Ambouli, les Américains y ont installé, à l'été 2002, le centre de commandement de la *Combined Joint Task Force* pour la Corne de l'Afrique dans un camp déserté par l'armée française. Cette nouvelle base a pour dessein, selon les mots d'une directive du Pentagone, de *repérer, contenir et, en dernier lieu, défaire les groupes terroristes transnationaux qui opèrent dans la région. Couper l'herbe sous les pieds de ces entités maléfiques à la recherche de zones de repli, d'îlots isolés, de soutiens extérieurs et d'assistance logistique.*

Les Forces américaines ne se sentent en sécurité qu'au sein de ce camp loué à l'État djiboutien pour la modique somme de 32 millions de dollars par an. Le camp Lemonier est retranché, défendu par un double mur d'enceinte hérissé de miradors, de caméras infrarouges, de chicanes de béton ainsi que de plusieurs rangées de barbelés. Des Marines, fortement armés, dotés de casque et de gilet pare-balles, montent la garde vingt-quatre heures sur vingt-quatre. On ne badine pas avec la sécurité des GI dans cet environnement hostile apte à réveiller de mauvais souvenirs, rouvrir de vieilles blessures. Pourtant la nouvelle Rome n'a pas froid aux yeux. Bien au contraire, elle s'est lancée dans un sprint impeccable. *Aucun coin du monde n'est assez reculé, aucune montagne n'est assez haute, aucune grotte ni aucun bunker assez profonds pour mettre nos ennemis hors de notre portée* claironnait encore la semaine dernière le ministre de la Défense dans le bimensuel *Foreign Affairs*, considéré comme la bible des diplomates.

La route reliant le camp à la capitale déploie son long ruban de bitume. Essorée par le khamsin et usée par le trafic, elle produit, de midi à 15 heures, les meilleurs mirages de la contrée. Elle passe d'un état liquide à un état gazeux pour revenir à l'état liquide avant de retrouver son état solide en fin d'après-midi, sous l'œil ravi des experts en radioactivité. C'est précisément ce tronçon névralgique qui a été, il y a quelques jours, visé par la première bombe artisanale de type 101. Pas de victimes, peu de dégâts. On dirait un avertissement sans frais.

Jadis, la 13e demi-brigade de la Légion étrangère et les fantassins du 5e régiment interarmes d'outre-mer jouaient leur partie ouvertement, avec moins d'âpreté et plus de décontraction. Là aussi, les choses ont changé. Au contraire des Français, les 2 000 soldats américains vivent en vase clos, dans une autarcie aseptisée, climatisée. Ils ne mettent jamais le pied dehors. Ils ont l'interdiction formelle de sortir autrement qu'en groupe sécurisé, à bord de Toyota 4 × 4 blancs banalisés. Pour effectuer les patrouilles de sécurité ou les campagnes d'information sur le sida, ils empruntent des Humvees surmontés d'une mitrailleuse.

En parcourant la fiche technique de la base, je n'ai pas pu m'empêcher de noter que l'équipement américain est le même qu'en Irak alors que la nature des missions est très différente, du moins officiellement. Je me demande bien ce que mon frère jumeau en a déduit, révolté comme il l'est ou, plus exactement, comme il l'était. Peut-être Djamal, comme ce pays ou comme moi, a-t-il changé ? Qui sait ? Cela fait quinze ans que je ne l'ai pas revu.

Des Marines, des mirages

La feuille de route de la Force conjointe est longue comme la liste des prescriptions médicales destinée à un patient en phase critique. La région est tenue, à Washington comme ailleurs, pour la plus grande poudrière du monde après l'Afghanistan et l'Irak. On y signale des troupes et des mouvements de toute nature et de toute obédience. Des étudiants d'un genre nouveau, rompus aux sciences cognitives, viennent de très loin, du Soudan, de Gaza, du Nigeria, de Peshawar ou du Kurdistan, s'entraîner dans des camps retranchés, et alqaidesques, susurrent plusieurs services de renseignement locaux. Sans compter que la défaite cuisante des mêmes forces américaines dans la bataille de Mogadiscio est encore dans toutes les mémoires. La guérilla urbaine du chef de guerre somalien Mohamed Farah Aïdid avait touché au moral l'armée la mieux équipée et la mieux entraînée du monde. Que des instructeurs du mouvement international Al-Qaida al-Jihâd, fondé en 1987 par Oussama Ben Laden et appelé plus communément Al-Qaida, aient formé et armé en sous-main les troupes d'Aïdid n'enlèvent rien à la déculottée. C'était le 3 octobre 1993. Hollywood en a tiré un film manichéen, *Black Hawk Down*, et plus récemment un jeu vidéo.

Dans cet œil du cyclone, j'essaie de garder mon sang-froid, de rester calme et méthodique. J'éprouve cependant un vague désagrément, un malaise furtif devant tous ces changements. À mesure que mon investigation progresse, je ne peux m'empêcher de noter d'infimes secousses dans mon corps.

Tout a commencé par un banal mal de tête. Puis ce fut une raideur dans la nuque qui s'est installée progressivement. Par moments, je suffoque. Je mettais tout cela sur le compte du décalage horaire ou de la chaleur dont je n'avais plus l'habitude. Cela va passer avec le temps, m'encourageais-je. Et voilà que je retrouve intacte ma petite voix d'enfant. Elle n'avait pas encore retrouvé le chemin de ma gorge avant ce retour au pays natal. Mes collègues canadiens n'auraient pas reconnu ce timbre et ces intonations abruptes. À présent, elle parvient très distinctement à mes oreilles, rameutant un troupeau de souvenirs surgis du passé. Elle fait remonter à la surface un moi dont j'ignorais l'existence. Un moi trop petit pour mon corps d'adulte, certes, mais un moi parfaitement reconnaissable.

Avec cette voix, la boucle est bouclée. Je suis l'alpha et l'oméga, le commencement et la fin. Elle ramène un chapelet d'impressions à l'image de cette plage de sable que je n'avais pas revue depuis des années. C'est là que je venais m'asseoir pour écouter la valse des vagues et le chant des mouettes avec « Petit frère » et mon grand-père Assod qui n'était jamais très loin.

Tout a changé et rien n'a changé depuis vingt-deux ans. La plage est déserte. Il y a plus de détritus, plus de boîtes de carton et de bouteilles en plastique que du temps de mon enfance. Même aujourd'hui je n'arrive pas à m'y sentir tout à fait seul. Tout a l'air désert mais c'est loin d'être vrai. Il suffit de bien écarquiller les yeux pour percer le voile du simulacre. Il y a un vieil homme là-bas. Esseulé et osseux. Il est assis, les mains à plat sur ses genoux, la tête inclinée. Il contemple un ballet de fourmis. Il vogue parmi les créatures qui hantent son esprit.

Financé par la puissante Dubai Ports World, le troisième complexe portuaire du pays est en train de sortir des gravats du petit village de Doraleh, à huit kilomètres de distance de la capitale. Il surgit sous nos yeux.

Ta.

Ô mécréant de Montréal, tu dois ignorer
tout de nos rituels quotidiens! Sais-tu que les
Musulmans, partout où ils arrivent dans le vaste
monde, se tournent dans la direction de La
Mecque pour accomplir leurs prières? La Kaaba
est le point de mire. Si cette condition n'est pas
remplie, la prière ne sera pas valable. Il faut
donc toujours vérifier la direction de La Mecque
ou Qibla. Jadis, les fidèles se débrouillaient
grâce aux étoiles. Puis ce fut la découverte de la
boussole qui rassura nombre de croyants. Mais
il arrive trop souvent encore que des demi-
croyants se fient à leurs instincts et prient en
direction du lever du soleil, ignorant que la
position géographique de la France ou du

Canada, par exemple, n'est pas la même que celle des pays du Maghreb ou du Moyen-Orient. Il convient alors de leur expliquer pourquoi ils sont dans l'erreur, ce qui n'est pas aisé quand ils sont aussi bornés que toi.

Sais-tu que dans le pays où tu vis il y a eu des débats hautement scientifiques pour déterminer le calcul de la Qibla ? Ce n'est pas demain que tu joindras le rang des véritables croyants mais je vais quand même te donner la formule car il y en a bien une. Il suffit de déterminer la latitude et la longitude du lieu de prière, c'est-à-dire les coordonnées du point où l'on se trouve sur le globe terrestre. Cette direction est donnée en fonction du nord géographique. Tu peux utiliser une boussole, c'est plus commode. Sache cependant que cette dernière indique le nord magnétique qui est légèrement décalé par rapport au nord géographique. Sache enfin que la ville sainte de La Mecque a pour latitude 21°26' nord et pour longitude 39°49' est tandis que le pôle Nord a pour latitude 90°. Je t'épargne le reste du calcul. Il est grand temps, pour toi, de rejoindre un lieu de prière. Il est encore temps de revenir dans le giron d'Allah.

Les incroyants

Carnet n° 2. Mercredi 4 octobre. Matin.

Mon nouveau carnet est vierge ou presque, à l'exception de quelques considérations géothermiques. Je devrais me montrer plus actif. Plus tranchant. Il n'y a pas une minute à perdre si je veux rendre mon rapport dans les meilleurs délais. Pourtant je navigue dans le brouillard. Pire, je demeure dans un état d'inertie. Ma petite voix d'enfance m'emmène sur un terrain glissant où l'ailleurs et l'hier restent entremêlés. Je suis indécis et craintif à la fois. J'ai peur de rouvrir de vieilles plaies. Je n'ignore pas que des déboires et des douleurs encore plus déchirants m'attendent au coin de chaque ruelle de mon enfance.

Ma petite voix d'autrefois frétille d'impatience. Elle m'inonde à présent, je la sens résonner en moi et soudain elle est recouverte par celle, rocailleuse et tabagique, de mon grand-père Assod dévalant les roches du temps. Me voilà transporté du côté de la famille maternelle de mon grand-père. Une famille installée dans la baie de Zeïlah depuis plusieurs générations. Zeïlah ? Une ville d'histoire et de malentendus dont mon grand-père m'avait souvent parlé.

Les mystères d'un homme blanc torturé, cloué sur sa croix, pissant le sang, plus mort que vif n'avaient pas ébranlé les foules dans la contrée de Zeïlah. C'est, du moins, ce que nous racontait notre infatigable grand-père. Nos ancêtres ne voyaient pas d'un bon œil la perspective de se faire crucifier ici-bas pour un hypothétique bonheur dans l'au-delà, disait-il. Au paradis chrétien, ils ont préféré les liens du sable et du vent, les épousailles de la terre et de l'eau, les chants et les danses volcaniques. À coup sûr, longtemps après le congé du corps, leur esprit nomadisera dans la région, de Jigjiga à Kabah-Kabah, de Yoboki à Awdal et au-delà sur la terre vaste des hommes, soulignait-il. L'esprit cheminera avec le clan, avec les autres humains, avec la terre et ses mille bêtes à chasser, à louanger ou à apprivoiser. Il sera toujours de ce monde, il jouira de chaque instant, depuis les premiers signes de l'aurore jusqu'au soir sans fin de l'éternité. L'esprit sera toujours vivant. Son autre nom est la poussière d'où nous venons et où nous repartirons.

Mais pour nos ancêtres, insistait grand-père Assod entre deux quintes de toux, l'idée de posséder une terre, de s'en déclarer le propriétaire, de la découper, la partager ou d'y planter un drapeau était étrangère à leurs mœurs. Il ne s'agit pas de posséder la terre mais de l'honorer, de l'habiter convenablement, de la chanter en s'adonnant aux tâches quotidiennes : faire paître les bêtes, traire les chamelles, accueillir le voyageur sur les routes, tirer le vin de palme tant qu'il en a. Cultiver son petit lopin de mil si l'on se trouve dans les collines généreuses du Hawd, précisait-il pour nous autres qui n'avions jamais entendu parler de ce terroir, surveiller le cours des ruisseaux, entretenir les ruches d'abeilles et le bois sacré des ancêtres. Se lancer dans les joutes verbales. Pratiquer abondamment le troc des marchandises et l'échange de jeunes filles nubiles.

On racontait que du côté de Zeïlah, sur cette rive sertie de brumes et de chimères, il y avait même un bâtiment en dur d'où retentissait un bruit infernal provenant d'une énorme cruche métallique appelée cloche. On y rassemblait des enfants assis en rangs d'oignons toute la journée pour apprendre des choses qu'ils déchiffraient à partir d'un bout de papier. Deux hommes à la peau et à la barbe couleur de coquillage les tenaient en respect avec un simple bâton. Le plus étonnant, c'était qu'aucun clan ne s'était encore levé pour les mettre en garde. Qui pouvait être certain que ces barbus à bâton avançant à pas de tortue n'étaient pas des éclaireurs et des ouvreurs de pistes pour d'autres barbus plus féroces ? On dit que s'ils étaient si transparents c'est qu'ils devaient laver leur corps avec du lait d'ânesse. Ils teignaient aussi leurs cheveux blancs qu'ils avaient plus longs que ceux de nos jeunes filles à la poitrine érectile, précisait grand-père Assod.

Et la vie continuait son cours de lune en lune, de pâturage en pâturage. Et voilà qu'on signalait l'arrivée d'un nouveau messie, un homme venu d'Arabie qui se disait saint, c'est-à-dire envoyé par un Dieu unique. À peine débarqué, il se mettait à parcourir le pays de long en large, de la mer à la montagne et du désert au désert pour prêcher et prêcher encore. Et il sermonnait les bergers qui refusaient de s'arrêter sur son chemin pour boire goulûment ses paroles. De ces derniers, il disait : ce sont d'innocentes brebis qui pèchent par ignorance et non par vice. Et il tentait de les ramener sur le droit chemin à coup de menaces et de chantages. Pendant ce temps, la lune poursuivait sa ronde ; l'herbe poussait sitôt la pluie cessée et les vaches vêlaient. Le lait moussait dans les outres, on ne savait pas quoi faire du surplus. Les tumulus et les termitières sous lesquels repose l'âme des ancêtres se couvraient d'une auréole blanche et crémeuse.

Aussi étrange que cela puisse paraître la voix de mon grand-père Assod recouvre souvent celle de mes parents décédés. Autant les souvenirs de mon aïeul remontent aisément à la surface, autant ceux de mes parents restent flous. J'ignore s'il en est de même pour mon frère jumeau. Quel souvenir Djamal a-t-il gardé de notre enfance ?

Tha.

Au nom d'Allah le Miséricordieux, plein de miséricorde. Louange à Allah le Seigneur des mondes. Le Miséricordieux, plein de miséricorde, le Maître du jour du Jugement. C'est Allah que nous adorons, c'est Allah que nous implorons. Allah qui nous conduit vers le droit chemin, le chemin de ceux qu'Allah comble de bienfaits, non de ceux qui irritent Allah ni de ceux qui s'égarent de Son chemin. Notre sort est entre Ses mains pour l'éternité.

On ne tue pas un revenant, dit un vieux proverbe d'ici. Patience, on s'occupera de toi. Rien ne presse pour qui désire le Royaume éternel. Je vais te livrer un petit détail sur mon vénérable

Maître. Un de ces petits signes qui traversent l'épaisseur du temps et donnent à son auteur la réverbération du mythe. Je compte aussi sur ta grande capacité de fabulation. Dans cette prison, mon vénérable Maître prie assis. Ses jambes ne peuvent plus porter le poids de son corps. Ses genoux ont été brisés par les tortionnaires mais sa dévotion est intacte. Souvent le temps de nos prières s'étire paisiblement, s'ouvre sur de longues introspections. Une prière en amenant une autre, je le rejoins en esprit. Nous voilà prosternés ensemble, chapelet à la main. Nous voilà sur le seuil de la demeure du Seigneur. Seigneur, vous êtes le plus miséricordieux et le plus compatissant. Accueillez-nous dans l'enceinte où Vous vous tenez, accordez-nous la permission de pénétrer dans la sérénité de Votre demeure. Amin !

L'ange de l'histoire

Carnet n° 2. Mercredi 4 octobre. Midi.

Mon cœur tangue déjà vers Montréal et nous ne sommes que mercredi midi. C'est à Montréal que je suis sorti de ma chrysalide : là-bas je suis devenu l'homme que je suis. J'ai trouvé dans cette métropole tout ce qui fait l'ordinaire d'une vie enviable : une femme angélique, un travail, un toit, des amis. J'ai l'impression d'être né à Montréal comme si mes dix-huit premières années avec ma famille et mon frère jumeau, aujourd'hui invisible, n'avaient pas compté.

Enfant, je rêvais d'être fils unique pour

m'attirer toute l'attention de ma mère. Peine perdue. J'ai vu détaler mon enfance et mon adolescence à la vitesse de l'éclair sans recevoir en échange une once de cette affection recherchée. Maintes fois, mon entourage, mais pas ma mère, m'a dit que j'étais sensible, colérique, imprévisible. Mais aussi humble, ambitieux, mal aimé ou encore instinctif, créatif. Adulte, je sais me montrer tour à tour modeste, intelligent, complexé ou mal aimant. Et le voile sur l'origine de mes pulsions violentes, compulsives, retournées d'abord contre mon frère et ensuite contre moi-même, se lève tout doucement.

À Montréal, j'ai appris à me supporter, à m'aimer si possible pour dormir en paix avec ma carcasse. C'est seulement à ce prix que je pourrai avancer dans la vie. Vivre pleinement. Aimer autrui.

J'ai longtemps rêvé que je n'avais pas de mère. En réalité, c'est comme si je l'avais perdue très jeune. Je ne l'ai presque pas connue. J'ai été élevé par une grand-mère sévère qui nous a inculqué le peu de règles que j'ai intégrées. J'ai oublié tout de ma mère comme si elle n'avait pas de visage. Elle m'avait oublié la première quand elle a jeté son dévolu sur mon frère jumeau, réservant à lui seul toute son attention, prodiguant à lui seul une palanquée de baisers. Dans les grands moments d'angoisse, je me disais que c'est ma mère qui m'a séparé tôt de mon frère. Elle a fait de lui mon ennemi, me morfondais-je avant de revenir à la raison.

Dans mes souvenirs rien de consistant qui puisse me relier à ma mère. Pas une anecdote, une caresse, une gifle ou une étreinte. Je porte au creux de ma poitrine un vide dévorant que seule comblerait la chaleur du corps maternel contre le mien. C'est à cette époque que j'ai décidé de provoquer mon frère et de défier mon père avant de quitter les rets de la famille. De suivre mon chemin tout seul, quoi qu'il arrive. Le seul souvenir doucereux de mon enfance : la rencontre avec un enfant étranger. Un orphelin nommé David. Je crois qu'on s'aimait beaucoup, lui et moi. Très vite, nous sommes devenus complices. On admirait ensemble les chiffonniers de la place Arthur-Rimbaud. On était inséparables. On se retrouvait souvent sur la plage de la Siesta. On courait après les raies qui s'aventuraient sur la grève.

Des années plus tard, je gagnais mon argent de poche en aidant le projectionniste du cinéma Odéon, situé au cœur de la partie européenne de la ville. J'étais déjà intéressé par les médias au contraire de mon frère dévoreur de livres.

Quand je sortais au grand air, lui se prélassait dans la pénombre de notre chambre un livre à portée de main.

À l'époque, les bases d'infanterie et de la marine françaises tournaient à plein régime. Les appelés fréquentaient les salles de cinéma et les multiples bars. Ce n'étaient pas des hommes mais des meutes qui prenaient d'assaut les deux salles de notre cinéma, le plus imposant de la capitale, que certains esprits chagrins venus d'Algérie ont voulu baptiser Lagardeville, du nom du premier gouverneur de ce territoire, le vicomte Léonce Lagarde de Rouffeyroux, mais également celles du cinéma Olympia, notre principal concurrent.

J'ai trouvé là, pour un temps, une véritable famille. Chaleureuse. Insouciante et joyeuse. Là, j'ai vécu mon premier exil – un exil en tout point français. Sur la mince peau des souvenirs, j'en garde quelques caresses. Apaiser et soigner, on pense que c'est la tâche des infirmières mais, croyez-le ou non, c'est ce que je faisais en tant que projectionniste. Je soignais avec des images tous ces jeunes gens arrachés à leurs fermes, à leurs lotissements et jetés sous le soleil vertical de Djibouti. J'aimais ce boulot et ses minuscules plaisirs. J'aimais les instants qui précédaient la projection comme le crépuscule qui donne aux minarets des silhouettes imposantes. J'aimais l'appel à la prière du soir qui montait de la mosquée avoisinante. J'aimais tout de ces instants transitoires lorsque la ville s'ébrouait à nouveau après la longue léthargie de l'après-midi. Les klaxons des taxis et la clameur des marchands ambulants investissant les rues. Et la faune de toutes les nuits emmêlée jusqu'au petit matin. Plus de grade, plus de hiérarchie. Juste la chaleur animale, la pulsation de la nuit, l'éclat des sourires. Juste des hommes et des femmes accrochés aux bars, occupés à manger et à boire, ou riant, affalés sous les pergolas. J'aimais la vie de la nuit et tolérais même les hurlements insensés des légionnaires. Je passais sous la douche avant d'enfiler ma tenue légendaire – bermuda bleu lagon, sandales légères et chemise à fleur ouverte jusqu'au plexus solaire. C'était mon uniforme. Ma tenue de plongée pour m'enfoncer dans la nuit et quérir son ambre épicé. J'avais un petit pincement au cœur chaque fois que je poussais à 18 h 40 la porte de la cabine de projection. Saisi par ce mélange d'appréhension et d'exultation quand la première bobine démarrait et que le mur se couvrait non pas des premières images du film mais de celles de l'actualité et de la publicité arrivées de Paris la semaine d'avant. Cette excitation était intacte comme au premier jour. La salle était aussitôt pleine, prête pour une nouvelle soirée d'aventure et de rêve.

Tout cela est bel et bien loin. La seule vue de ce cinéma a fait remonter à la surface un bouquet d'autrefois.

J'avance lentement dans mon enquête. Je trébuche sur maints obstacles. J'attends le déclic. C'est toujours comme ça dans mes investigations. Pour être honnête, j'ai douté et ce depuis le début. J'ai envisagé à plusieurs reprises d'abandonner la partie. C'était sans compter avec Denise qui, à chaque fois, m'a remis en selle, m'expliquant que je traversais un bout de désert nu, que j'avais l'impression de perdre mon temps mais, attention, ce n'était pas du temps perdu. J'engrangeais à mon insu une gerbe d'impressions, de sensations et donc de la précieuse information.

Denise ne m'avait convaincu qu'à moitié. Pourquoi ai-je donc quitté le satin des ciels de Montréal ? Fallait-il vraiment que je revienne sur le pays de mon enfance ? On dit que les seuls vrais mystères sont ceux qu'on s'invente. Qu'on se donne beaucoup de mal à confondre les cauchemars et la réalité. J'ai fait des études scientifiques – physique et chimie – pour cesser de rêver contrairement à mon frère amoureux de littérature. La physique pour la précision. La chimie pour l'invention perpétuelle et les trouvailles magiques. Sans oublier les mathématiques comme fondement. Il me fallait de puissants rails, des bases fixes pour que la vie cesse d'être un flottement permanent.

J'ai étudié tout cela à Montréal. C'est cette ville qui m'a sauvé la vie sinon je serais parti à la dérive, au hasard, à Dieu vat. Frayant avec des gens louches, faisant n'importe quoi pour tromper une vie sans nerf. Montréal a donné un sens à mon destin et, plus prosaïquement, un doctorat en science de l'information. Montréal avait un visage lorsque je l'ai rencontré pour la première fois. Un visage ovale, des yeux azur. Une peau de nacre. Un pull au col roulé. C'était Denise assise sur un banc, dans le jardin de la Cité internationale, boulevard Jourdan, à Paris.

Je traînais mon mal-être depuis des semaines et des mois. À tout le monde, je lançais des appels comme des signaux de phare. Seule Denise m'a souri. Et ce fut le coup de foudre. Malgré son accent québécois, Denise est née à Paris en 1968. Elle est de neuf ans mon aînée. Son père, Isaac Rosenzweig, autrichien de Vienne, s'était engagé dans la Légion étrangère et avait été blessé en Afrique du Nord, en 1961. J'ignore s'il avait traîné ses guêtres dans mon pays d'origine qui s'appelait alors la Côte française des Somalis. Un an plus tard, il avait épousé une femme de braise, moitié normande, moitié panaméenne, native de Trouville : Elvira Triboulet. Lui était devenu serveur de café ; elle, strip-teaseuse et comédienne. Avec leur fille, ils habitaient un petit hôtel sordide sur le boulevard Ornano, dans le XVIIIe arrondissement. La famille Rosenzweig émigra au Québec en pleine révolution de velours. Elle l'adopta, ne le quitta plus sauf pour des excursions hivernales à Paris. Voilà comment Denise en connaît chaque ruelle, chaque faubourg, chaque pan d'histoire.

Ce fut à Paris aussi, sur un autre banc de la Cité internationale, que Denise me parla pour la première fois d'un autre arpenteur de la Ville lumière. Un philosophe du siècle dernier. Walter Benjamin. Elle conservait religieusement sa photo signée Gisèle Freund dans son portefeuille entre les tickets de métro et les coupons à 4,30 francs du restaurant universitaire où nous prenions nos repas. C'est Denise qui m'a introduit dans les arcanes de la vie de ce Walter Benjamin. Par bonheur, je fus séduit, non pas sur-le-champ mais bien plus tard, par son esprit encyclopédique, sa méthode intuitive, sa conception de l'histoire qui n'a rien de théorique ou d'aride. Au contraire, elle est aussi sensible que les histoires colportées par grand-père Assod. J'ai adopté à mon tour l'ange de l'histoire dont voici la description telle que nous la restitue le philosophe juif allemand :

Il existe un tableau de Paul Klee qui s'intitule Angelus Novus. *On y voit un ange qui a l'air de s'éloigner de quelque chose qu'il fixe du regard. Ses yeux sont écarquillés, sa bouche ouverte, ses ailes déployées. C'est à cela que doit ressembler l'Ange de l'Histoire. Son visage est tourné vers le passé. Là où nous apparaît une chaîne d'événements, il ne voit, lui, qu'une seule et unique catastrophe, qui sans cesse amoncelle ruines sur ruines et les précipite à ses pieds. Il voudrait bien s'attarder, réveiller les morts et rassembler ce qui a été démembré. Mais du paradis souffle une tempête qui s'est prise dans ses ailes, si violemment que l'ange ne peut plus les refermer. Cette tempête le pousse irrésistiblement vers l'avenir auquel il tourne le dos, tandis que le monceau de ruines devant lui s'élève jusqu'au ciel. Cette tempête est ce que nous appelons le progrès.*

Passage des larmes

Je suis sûr que grand-père Assod aurait apprécié cette fable. Quant à moi, j'ai commencé à m'identifier à l'ange de Paul Klee.

Jim.

Par la grâce du Magnifique, il me plaît de consigner les sermons, les paraboles, les commentaires de mon vénérable Maître. Tout ce qui sort de sa merveilleuse bouche est saisi au lasso par mon stylo pour être fixé sur le papier. Ce savoir sera transmis aux générations futures par une lignée de récitants aussi fiables que scrupuleux.

Ô toi le baladin du monde moderne, écoute ceci :

Si toutes les villes se ressemblent, chaque ville possède son histoire et sa personnalité, déclare mon vénérable Maître. Pour illustrer son adage, il cite l'exemple des douze cités de notre région. La ville d'Obock est désolée, amnésique. Zeïlah, chantée par Ibn Batutah dès le XIVe siècle de notre ère, demeure fantomatique, tournée vers son passé radieux du temps où elle était un poste avancé de l'Empire ottoman. Harar est triste d'avoir perdu son vagabond nommé Arthur Rimbaud qui avait fini par embrasser notre foi. Moka la Yéménite est inconsolable, ignorant que son précieux café a fait fortune sous d'autres cieux. Le port d'Assab a des yeux gourmands pour la rive d'en face. Plus au nord, Alexandrie se morfond d'ennui et rêve de prompte renaissance en attendant l'appel du Divin.

Les six premières villes passées, mon vénérable Maître ne compte pas s'arrêter en si bon chemin. Il égrène son chapelet tout en reprenant son souffle.

La ville de Massawa, poursuit-il, devrait se battre pour regagner sa place au sein de notre Oumma, « la meilleure communauté suscitée pour les hommes », selon les mots de notre saint Coran (III, 110). La rade d'Aden promène sa face lunaire, se recroquevillant sur elle-même. La dernière brasserie du golfe Persique a été fermée, par nos soins, depuis bientôt trois décennies, assène-t-il tranquillement. Plus proche de nous, Tadjourah, forte de ses sept mosquées légendaires, implore les cieux et attend la manne d'Allah tout en surveillant les porte-conteneurs qui accostent l'autre rive. Berbera, jadis une base militaire soviétique, retrouvera le sourire et le relief dignes de son rang. Mogadiscio, hier plongé dans l'anarchie, s'est redressé sur son tapis de prière, et vit dans la concorde depuis que nous avons transformé en lieux de prière et de recueillement toutes ses discothèques. Dans cette partie de la Somalie, autrefois infestée de pirates sans foi ni loi, on prie et on maudit les mécréants telle l'ancienne députée somalo-néerlandaise, portée aux nues dans les milieux américains les plus conservateurs. Cette femme, connue pour ses mensonges et pour sa vindicte contre notre religion, ne se déplace plus sans garde du corps. Ses jours sont comptés car nos forces ne désarmeront pas.

Et toi l'apprenti enquêteur, tu subiras la même foudre, ai-je voulu ajouter.

Dieu merci, nous ne manquons pas de bras armés, renchérit mon vénérable Maître. À chaque prière, nos mosquées-écoles sont pleines à craquer. Ici comme ailleurs, on a enfin compris que l'homme ne vit pas sur terre que pour produire, consommer et jouir. On ne rate la prière de midi ou *salât al dhor* sous aucun prétexte.

Des douze cités de la contrée, seule la ville de Djibouti guigne, pour l'instant, les infidèles et s'offre aux touristes. Elle boude l'étendard vert de notre Prophète – que Son nom soit loué et le jour et la nuit ! Elle tourne en rond dans sa propre nuit : l'interminable hiver de la *Jahiliya*. Djibouti et son arrière-pays sont dévorés par le feu, ils l'ignorent encore. Ensemble, ils boiront le calice jusqu'à la lie.

Il y a sept mois, seul un fou aurait parié un dirham sur cette contrée, enchaîne notre vénérable Maître. Les douze villes étaient plongées dans des tourments sans fin, saisies d'une langueur impénétrable. Elles sentaient au plus profond de leurs entrailles couler la bile noire de l'asthénie. Elles payaient, crois-moi mon petit, dit-il en se tournant vers moi, le prix de leur éloignement, de leur oubli de soi, de leurs péchés sans précédents. Berceaux d'une ferveur jadis authentique, elles s'étaient jetées à corps perdu dans le négoce. Il n'était pas aisé de garder leur foi douze fois bénie. Elles ont descendu, palier après palier, dans cette région obscure où la proximité avec Dieu n'est plus l'obsession de chaque instant, l'ambition de toute une vie. Elles ont longtemps tiré fierté de leur ignorance, de leurs richesses récentes, de leur vernis d'Occident. Oublieuses de la pauvreté qui sévit dans l'arrière-pays, elles ont cultivé le clinquant et l'éphémère. Et la source de leur foi a tari comme l'oued de Sagallo. Désorientées, elles sont retombées en enfance. Elles ont perdu le sens de l'appartenance à notre civilisation qui a conquis le monde et apporté partout les deux balances de la justice, l'enseignement du Coran et la fraîcheur de nos oasis.

Pourquoi se plaisaient-elles à dédaigner nos bienfaits qu'on loue dans le monde entier, des Philippines jusqu'aux terres arides et ferventes d'Espagne ?

Silence. Je n'étais pas en mesure de trouver réponse à la question de notre vénérable Maître ! Afin de ne pas perdre une miette de son enseignement, j'ai cessé de l'interroger. Sous sa dictée, j'écris sur de vieux bouts de papier emmenés par le vent jusque dans notre cellule. Il n'est pas rare que des petits rouleaux de papier nous parviennent ici même, dans cette prison de haute sécurité. Qui peut arrêter le vent ? Nous devons remercier Dieu pour la poignée de feuilles parvenue ici rien que ces cinq derniers jours. Dieu merci, le colosse aux lèvres scellées qui apporte l'unique bol de riz blanc ne semble pas prêter attention au manège du vent.

La Siesta

Carnet nº 2. Mercredi 4 octobre. Début de soirée.

Tout comme l'expédition en bateau dans le golfe de Tadjourah, ma première excursion dans le sud du pays n'a rien donné. Il fallait s'y attendre. La situation est tendue sur le terrain. Dangereuse à la façon de l'eau qui s'accélère à l'approche de la cascade. Les médias étrangers en rajoutent, jouant avec les nerfs de la population. Fausses nouvelles, rumeurs, manipulations. Et s'il n'y a pas eu encore de pertes humaines, la peur règne en majesté. Les gens se terrent, craignant d'autres bombes, plus meurtrières cette fois. Des bombes humaines – les martyrs sont légion dans les bidonvilles – aux projectiles de type AQ, la palette est illimitée. Pourtant trois forces armées – la nationale épaulée par les Marines et les troupes françaises d'outre-mer, soit plus de 12 000 hommes fortement équipés – sillonnent le territoire et les trois frontières terrestres sont fermées depuis longtemps.

Il me reste encore deux jours et demi. Cet après-midi, j'ai rendu visite aux autorités locales pour récupérer mon passeport canadien remis à la police des frontières à mon arrivée il y a six jours. Les règles administratives s'apparentent plus souvent qu'on ne le pense à celles du hasard. Mais cette fois, tout s'est bien terminé. J'ai rangé mon passeport tamponné dans le coffre de ma chambre d'hôtel. Pour le reste, je maintiens le cap. Il faut continuer à chercher, à réfléchir. À solliciter la manne des ancêtres tel grand-père Assod. À sillonner le pays et passer au peigne fin toutes les écoles coraniques, toutes les mosquées jusque dans la moindre bourgade. C'est à ce prix que la chance finira par me sourire.

Denise m'a dit que tout allait bien à Montréal et qu'elle relit *Enfance berlinoise* de Walter Benjamin. Moi, je n'ai pas encore eu le temps d'ouvrir mon exemplaire posé pourtant en évidence sur ma table de chevet.

Mon retour au pays s'est ébruité. J'ai eu à essuyer de nouvelles visites. Certaines officielles. D'autres, les plus nombreuses, inattendues. Et, bien sûr, toujours pas la moindre trace de « Petit frère ». Tout se sait très vite ici car tout le monde se connaît. Et pourtant, je reste sur mes gardes. Je respecte à la lettre mon agenda heure par heure. Un de mes amis d'enfance – sont-ils encore des amis ? qu'avons-nous en commun si ce n'est des souvenirs lointains, largement éventés ? – me qualifiait de traître. J'avais surtout noté que la sonnerie de son portable retentissait comme l'*adhân*, l'appel du muezzin. Un autre plus généreux, plus lettré aussi, me comparait au golem, cette créature d'argile façonnée par le rabbi Juda Löwi de Prague, qui vient hanter la ville tous les trente-trois ans.

Je suis parti d'ici il y a bien longtemps, je suis un homme d'ailleurs avec le masque d'ici qui n'a en stock que des souvenirs d'emprunt. Je suis un fantôme qui tente de percer par le rêve et l'imagination la croûte durcie du quotidien. Qui n'accorde sa confiance à personne. Qui suscite la méfiance et n'imagine même

85

pas le flot de rumeurs déversé sur son compte.
Quand ma recherche sera terminée, sans regret
ni remords, je m'envolerai avec mes notes et
mes secrets destinés à une compagnie transnationale domiciliée, elle aussi, en Amérique du
Nord. Mission accomplie. Je m'envolerai pour
retrouver Denise et dévorer avec elle les écrits
autobiographiques de notre auteur préféré.
Adieu Djibouti. Le reste n'est plus de ma
compétence. Je ne suis pas venu ici pour changer le monde. Je n'ai pas les épaules assez
larges pour ça. À chacun sa petite besogne.
Adieu Balbala, Obock et Tadjourah! Bonjour
Montréal, Québec et Trois-Rivières!

Souvent, nous venions nous asseoir sur la
plage déserte que j'observe depuis la fenêtre de
mon hôtel. La Siesta, elle s'appelle comme ça.
Elle n'a pas changé de nom, elle. Nul besoin de
carte IGN pour la localiser. Je la vois depuis ma
chambre. Je suis là, avec ma petite caméra
vidéo, filmant la plage de mon enfance. J'ai
toujours eu envie de lever un coin du voile,
d'examiner l'envers du décor, non pas par pro-
vocation mais parce que l'ombre révèle la
lumière, que le silence révèle la parole, que l'instant révèle l'histoire. Je suis seul avec ma petite
voix à débobiner le film du passé.

La Siesta

Je nous revois côte à côte, David et moi. Épaule contre épaule, nous courions depuis la mosquée Hamoudi, enjambions la voie ferrée, déboulions sur la plage pour nous jeter à la mer en même temps. Nous nagions un peu. Puis, nous sortions de l'eau comme un seul homme. L'insouciance : le fil invisible qui tenait unis nos deux petits corps comme la bave de l'hirondelle maintient ensemble les brindilles qui composent son nid. J'avais un an de plus que toi mais de nous deux c'était bien toi le plus courageux. Le plus malicieux aussi. Je ne te dis pas cela pour te donner le beau rôle ou parce que toi, David, tu n'es plus là pour me contredire mais parce que c'est la vérité. Tu avais pris la place de mon frère jumeau.

Après toutes ces années, rien ne m'intéresse plus que la vérité. Les faits, les dates. La vérité et rien d'autre. J'essaie d'enregistrer, zoom à l'appui, le sable, la boue et les rochers de la plage qui, eux aussi, n'ont pas changé ni menti. Si je dois rester fidèle à quelque chose, autant que ce soit à ce passé-là. Et puis, ma longue absence m'a guéri de l'envie de courir après les mirages. On laisse la vanité pour les petits ambitieux qui veulent conquérir leur monde. On laisse la vantardise pour les petits

comédiens qui saisissent les gens à la bouton-
nière et les forcent à écouter.

Nous venions à pied jusqu'à la plage de la
Siesta pour écouter le bruit du vent et le chant
des mouettes. Nous restions debout devant la
mer avec une admiration apeurée et muette.
Nous serrions nos poings à nous en broyer les
phalanges. Parfois nous courions après une raie
qui s'était aventurée jusqu'à la grève. Mais, le
plus souvent, nous étions calmes, immobiles à
la manière de l'écureuil qui a retrouvé l'équilibre grâce au panache de sa queue. Nous quê-
tions les mystères comme celui du circuit des
oiseaux dans le ciel. Nous étions prêts à chanter pour les vagues qu'on élevait jadis au rang
de puissances presque divines.
David, tu ne pouvais pas soupçonner à ton
âge, à notre âge, que les gens d'ici redoutent la
mer depuis la nuit des temps, qu'ils lui tournent
le dos. La plage est l'ultime borne à leurs mouvements. Et ça, ils n'aiment pas beaucoup. Mais
nous deux, nous aimions la plage comme on
aime un premier amour. Deux adolescents :
deux jumeaux de fortune. Depuis la classe de la
6ᵉ, nous nous étions fait la promesse de ne
jamais nous séparer quoi qu'il arrive. Nous ne
faisions qu'un.

La Siesta

Nous nous étions rencontrés un an plus tôt dans la cour de l'école primaire de Boulaos. Nous avions la vie devant nous. La douce ondulation du silence nous remplissait de bonheur. Nous aimions le petit vent du nord, chargé de mousson, qui fait danser les acacias, les roseaux et les épineux. Nous aimions le vent du sud, lourd de poussière, qui donne l'impression que l'univers est couleur miel, que le sort ne fait pas grise mine. Oui, nous aimions tout cela et j'aime encore aujourd'hui le silence incommensurable de cet endroit car il y a deux mondes qui se frôlent et s'observent sur cette plage, même quand il ne s'y passe rien en apparence. Deux mondes qui s'opposent et se déchirent avant de trouver un semblant d'équilibre. Un monde toujours désiré, et un autre toujours perdu.

Au fond de cette anse sourd le feu des origines. Bien peu de gens venaient s'aventurer ici. De temps à autre une charrette tirée par un âne et chargée de goémon séché passait devant nous. Les boutres, les nakoudas et autres voiliers partaient loin et revenaient. Un vieillard impotent qui n'attendait que la mort plantait son bâton de pèlerin dans la fange, soliloquant avec les flamants roses. Son filet sur l'épaule, un

pêcheur arabe dansait sur le fil de l'horizon.
D'un petit signe de la main, nous les saluions.
Nous attendions qu'ils s'éloignent et s'égarent
dans les nudités minérales. C'est dans ces instants précis que tu sortais ton stylo bille et ta
feuille enroulée dans la poche de ton short. Les
traits de ton visage changeaient. Tu avais un
regard cannibale, débordant d'appétit et de
vitalité. Une voix légère comme la brise te souf-
flait aussitôt : *Écris, petit. Écris ! Déverse ton lot
de mots sur le papier ! Écris parce que toi tu n'as
jamais renoncé à comprendre le monde.* Et les
mots sortaient tout seuls comme dictés par une
voix venue d'ailleurs. Tu n'avais plus qu'à les
coucher sur la feuille. Quatre ou cinq lignes
selon les jours. Guère plus. Tu me lisais ce qui
était sorti de ta plume, de ta main ou plus exactement de ton cerveau. Tu murmurais en bou-
geant les lèvres comme savent le faire les enfants
qui jouent, tour à tour, tous les personnages de
l'histoire qu'ils sont en train de raconter. Tu
lisais et relisais plusieurs fois au point de
connaître par cœur chaque mot. Satisfait, tu
hochais la tête pour te rassurer. Silencieux,
j'observais ton petit manège.
   Tu enroulais ta feuille dans un bout de plastique. Pour le trouver, il suffisait de se pencher
pour le ramasser par terre. Ce que tu faisais en

automate absorbé par la lecture et la récitation. Des bouts de plastique de toutes les couleurs, il y en avait partout voltigeant sur la plage, accrochés aux ajoncs, aux cactus et aux arbustes sauvages. Et toi, David, tu ne te laissais pas distraire par la danse des bouts de plastique dans le vent. Tu prenais bien soin de ficeler le papier contenant ta pensée du jour dans un bout de plastique large comme la paume de ta main. Puis, tu glissais le tout dans une bouteille en plastique avant de la lancer à la mer. Tu faisais ça au moins une fois par semaine. Plus qu'un jeu, c'était devenu un rituel immuable. Un pari avec le destin qui tirait les ficelles dans l'ombre.

L'or du secret non divulgué ne se transforme jamais en cendre, me diras-tu plus tard avant que nos routes ne se séparent. Alors je garderais ce secret tout au long de mon existence. Adolescents, nous nous méfions des gens alentour. Nous gardions le silence devant ceux qui pensaient flairer le secret en un rien de temps, ceux qui savaient lire l'intention dans l'œil avant que la langue ne l'ait trahie. C'est pourquoi nous nous tenions à l'écart, solitaires comme les deux îlots au milieu des flots.

Quand toi, David, tu ne lançais pas des

messages dans le golfe, tu ramassais, t'en souviens-tu, d'autres messages. Il en arrivait régulièrement sur la plage. Ils étaient à toi seul destinés. Vous pensez que je m'égare, que j'embellis tout. Je n'ai pas une once d'imagination. Je ne suis pas doué pour l'invention. Ma vie durant je n'ai écrit que des fiches d'enquête, des rapports de labo. Des rapports courts, précis, immédiatement compréhensibles comme celui que je dois rendre dans quelques jours.

Ces messages commençaient toujours de la même manière. L'encre noire et le papier étaient toujours les mêmes. On pouvait imaginer aisément que c'était une seule et même personne qui était derrière ces missives. Invariablement, l'auteur usait d'une seule formule d'ouverture. Une formule rituelle contenant deux mots : « Cher inconnu. » Tout aussi laconique était la formule d'adieu qui comprenait trois mots des plus énigmatiques : *In Libro Veritas*.

Chaque missive recueillie était une source de joie infinie, pour David, et par ricochet pour moi aussi. Chaque mot était posé, pesé, à lui seul adressé. Et si je ne saisissais pas d'emblée la trame d'ensemble, je parvenais, après mille hypothèses, à déchiffrer des bribes de l'histoire de celui ou de celle qui envoyait ces étranges lettres. À force de lire et relire les lettres si antiques qu'on eût dit tracées à la lueur d'une chandelle de suif, à force de mâcher et remâcher ces mots et ces formules énigmatiques je parvenais à quitter le présent et son périmètre de certitudes. À m'ouvrir à l'histoire, à deviner les contours de son auteur, à sentir le grain de sa vie et de son époque.

Oui, David et moi, nous nous doutions bien, même à notre âge, que la vie de cet être n'avait pas été facile. Était-il encore de ce monde ? Était-il simplement mort ? Nous nous l'imaginions comme une sorte d'ermite au sourire étroit, ployant sous le poids des ans. Il serait forcément perclus de rhumatisme, couvert de cicatrices contractées au bagne, plus mort que vif ? S'interroger sur l'existence de cet homme – mais qui nous disait que c'était un homme ! –, c'était comme brasser de la matière à rêves à la manière du spectateur qui se tient devant la porte fermée d'un cinéma, entend la musique et des bouts de dialogues sans jamais parvenir à voir une seule image du film.

On pouvait imaginer un vieil homme enfanté par les vagues, seul quidam sur les îlots du Diable. Un vieil homme esseulé, rabougri, la peau et les vêtements limés par la vie. Son destin devait se mesurer par des jalons, des hauts faits historiques comme tu l'avais soupçonné, David. Notre imagination gambadait dans la lande des livres et des légendes.

J'ai quitté la chambre de mon hôtel, le cœur détruit. Péniblement, j'ai repris mon enquête. Les archives que j'ai consultées à distance, par le canal professionnel ou avec l'aide de Denise, arrivent toutes à la même conclusion. Du reste, la fiche établie par la CIA, disponible également sur Wikipédia, ne dit pas autre chose. Au cours de l'été 1890, Français et Britanniques se disputaient ces îlots désertiques. Ces derniers avaient planté leur drapeau sur l'île volcanique Perim en face d'Aden pour verrouiller notre détroit que les Arabes désignent sous le nom de Bab el Mandeb. L'enjeu était de taille. Qui mettait la main sur le canal de Suez et le détroit de Mandeb contrôlait la mer Rouge et son trafic pétrolier. C'est pourquoi les Français et les Britanniques furent à deux doigts de déclencher une guerre à l'échelle de la région et au-delà, d'Alexandrie à Bombay, de la Perse au Mozambique. Ce qui mène le monde, c'est bien le goût du sang, ricanait grand-père Assod.

Les Français voulaient aménager sommairement les îlots du Diable pour en faire un bagne du bout du monde. Les Anglais un dépôt de munitions ou quelque chose de ce genre. Nos ancêtres n'avaient pas eu leur mot à dire. De toutes les façons, les gens du cru, pêcheurs du Yémen ou nomades d'ici, ne portent pas dans leur cœur ces arpents de basalte. Que des Européens venus de l'autre versant du monde se battent pour ces îlots volcaniques, c'est qu'ils devaient être fous à lier et pas plus fins que la plus stupide espèce de génies, avaient conclu nos parents avec un sourire en coin. Inutile de vous dire que les Français gagnèrent la partie.

C'est ainsi que le régime de Vichy qui administrait la colonie du temps de grand-père Assod avait aménagé un camp d'internement sur l'un des deux îlots pour tenir les « fortes têtes » à l'écart du reste de la population de la Côte française des Somalis. L'expression « fortes têtes » était élastique et arbitraire. Elle désignait quiconque se rebellait contre les abus, les vexations et la mobilisation généralisée. Très vite, on y relégua aussi les membres d'une autre espèce de Blancs appelés « Allemands ». Ces derniers avaient eu le malheur de se faire prendre en métropole. Confinés dans des cachettes de fortune, ils tentaient de survivre en fuyant les officiers de la Gestapo sans oublier la police, la gendarmerie françaises et les hordes de collabos. Peine perdue. Il en arrivait un petit groupe – dix, vingt ou trente – toutes les trois ou quatre semaines à partir de l'été 1939. Affamés, ils grelottaient comme s'ils avaient traversé l'hiver boréal et, pourtant, le trajet Marseille-Djibouti avec escale à Suez n'avait rien d'une équipée sibérienne. Les rancœurs et les haines entre les Français et l'autre espèce de Blancs appelée «Alloumane», c'était le cadet des soucis de mes ancêtres. Ils savaient que la terre est surpeuplée, que tout ce qui vit ne fait que se battre et s'entre-déchirer sans répit. C'est ainsi que depuis la nuit des temps les hommes naissent, sortent leurs poignards, s'entre-dévorent et meurent alors que seul le serpent possède la faculté de renaître après sa mort. Le serpent ne meurt jamais, disait grand-père Assod qui enjambait avec crainte et respect le plus minuscule des vermisseaux ou le moindre lézard débusqué derrière un talus. Il ne faut jamais se fier au serpent qui gît sans mouvement, le corps flasque et l'œil vitreux. On pense qu'il est mort alors qu'il mange de la terre pour reprendre des forces et revivre de plus belle.

La mémoire est un peu à l'image du serpent dans l'histoire de mon grand-père : quand on la croit perdue, elle retrouve toute sa vitalité. À présent, je comprends pourquoi ce fichu bagne installé sur les îlots du Diable et transformé récemment en prison de haute sécurité me hantait, bien avant mon départ du Québec. Je l'avais déjà croisé au moins deux fois dans le film de mon enfance. La première fois dans les histoires coloniales de mon grand-père, la seconde fois lors de mes promenades avec David sur la plage de la Siesta, là précisément où mon jumeau blanc se livrait à sa pratique épistolaire. Tout s'éclaircissait : la personne qui signait ces mystérieuses lettres ne pouvait être que le dernier bagnard du régime pétainiste encore vivant à l'époque de mon enfance. Avait-il été oublié là par les autorités françaises ? Était-il devenu misanthrope pour vivre reclus sur son îlot avec des cactus et des lièvres sauvages pour seule compagnie ? Mystère.

Ha.

Alors comme ça tu as fait une expédition dans les îles. Ô toi le mystificateur de McGill, tu voulais t'approcher de nous! Pour quoi faire? Regarder avec tes jumelles et photographier sous toutes les coutures notre geôle isolée? Jouir de notre relégation? Quiconque veut noyer son passé n'est-il pas condamné à le revivre, tu dois le savoir mieux que moi, non? Peut-on enfouir un secret au point que la vérité ne refasse jamais surface?

Et puis, tu es reparti à Djibouti comme un poltron. Tu t'es attardé longuement, hier, sur la plage de la Siesta. Et tu pensais semer les soldats de Dieu! Je n'attendais pas ça de toi. Tu es minable. Tu es comme eux. Tu es pire qu'eux. Tu es dorénavant prisonnier des puissances du mal qui, aux ères ancestrales, avaient englouti la région dans un déluge de feu. Tu es rongé par l'envie, la convoitise, l'esprit de revanche. Tu n'aurais jamais dû quitter ton territoire d'incroyance, ton *dar al kufr*, et fouler à nouveau cette terre.

On dirait que tu cherches à te perdre. Tu as la conduite d'un homme incohérent qui veut ruiner sa vie et qui use du langage des traîtres. À Mogadiscio, on t'aurait arrosé d'essence et brûlé sur la place publique. Mais qu'est-ce que tu crois ? Oui, nous savons tout de toi. Tu appelles ta Canadienne tous les soirs, vers 19 heures, n'est-ce pas ? Elle parle beaucoup. Elle aime les livres d'histoire. Elle est psychologue pour enfants. Elle n'a pas de progéniture car la Providence en a décidé autrement alors elle reporte toute son affection sur toi, est-ce que je me trompe ?

Tes faits et gestes, nous les suivons de près. Nous savons tout de toi, la couverture de ton livre de chevet comme la marque de ta pâte dentifrice. Chaque mot que tu prononces nous est rapporté jusqu'ici, dans la plus étanche des cellules. Une prison de haute sécurité, surveillée jour et nuit par un détachement de la garde présidentielle avec l'appui des éléments du corps d'infanterie de la marine américaine.

Ha.

Je te livre ces détails pour que tu les notes bien dans tes dix petits carnets. Si tu avais la chance de lui parler, mon vénérable Maître te signalerait aussi que nous sommes plus surveillés qu'Ayman Al Zawahiri et ses compagnons du temps où ils étaient embastillés et torturés dans les geôles égyptiennes.

Tes rêveries, tes hésitations, tes états d'âme nous parviennent ici. Jusque dans le QG des terroristes comme ils disent. Rien n'échappe à notre organisation dont les règles de discrétion et d'efficacité ont été largement éprouvées. Te dire que notre organisation est bâtie sur le même modèle que d'autres organisations, plus anciennes et plus prestigieuses, nées en Égypte, en Palestine, au Cachemire ou encore au sein des communautés immigrées, n'est pas dévoiler un secret. Nous attaquons nos ennemis avec vaillance et détermination. Une fois mordus au flanc, nous ne leur cédons plus un seul pouce.

Je dois te l'avouer, s'il ne tenait qu'à moi tu serais déjà six pieds sous terre. Mais tu ne perds rien pour attendre. Nous nous occuperons de ton sort dans deux ou trois jours, avant ton départ que tu voudrais hâter. Nul n'ignore que tu voudrais quitter ce pays le plus rapidement possible pour te jeter dans les bras de cette femme stérile et sioniste. On te verra courir comme un dératé, t'engouffrer dans le ventre du Boeing. Et nos rires et nos grimaces te poursuivront sur le tarmac.

Dans l'immédiat, nous avons des actions autrement plus urgentes à entreprendre, des disciples à former, des balises à poser. De plus, l'examen attentif de notre glorieux passé requiert toute notre attention. Tu l'ignores sans doute, nos sociétés ont été déviées de leurs rails pour servir les intérêts politiques, économiques et spirituels émanant d'autres groupes. Cela saute aux yeux sauf pour ceux qui, comme à Djibouti, continuent à se voiler la face. Ces villes dépôts, ces ports de charbonnage hier, de raffinerie et de luxure aujourd'hui, ces villes casernes sont-elles vraiment à nous, te demanderait mon vénérable Maître? L'ont-elles été un jour? Ne sont-elles pas juste bonnes pour lever des mercenaires et des askaris qui se battront loin de leurs terres et pour le compte d'autrui? Ne sont-elles pas juste bonnes pour fournir des prostituées qui dorloteront les négociants, les missionnaires et les soldats qui ont foulé notre terre pour assurer la gloire des empires d'Occident?

Ha.

Quel diabolique dessein, alors que nos populations croupissent dans le désert de toutes les
relégations, victimes d'éternelles humiliations,
d'éternelles trahisons et d'éternelles misères.
Ne méritons-nous pas mieux ? Oui, beaucoup
mieux. N'était-il pas temps de dire au peuple
cette vérité d'aujourd'hui encore plus amère
que celle d'hier ? Ceux qui répondent par l'affir-
mative commenceront par ouvrir les yeux. Ils
relèveront la tête, refuseront les aides prétendu-
ment généreuses. Ils quitteront leur condition
d'assistés pour rallier nos rangs. Ils brûleront sur
leur passage les quartiers des riches. Combien
de maisons réduites en cendres avec leurs bal-
cons, leurs salons et leurs verroteries signalant le
statut élevé du propriétaire ? On retrouvera parfois dans les décombres le pied d'un piano
demeuré muet et les coupes de champagne qui
ne sont pas sorties de leur carton depuis le dernier passage de l'ambassadeur de France titu-
bant entre les jambes des courtisanes, les pipes
d'opium et les pots de fleurs à la mode stam-
bouliote.

Si tu avais la chance comme moi de boire ses
paroles, mon vénérable Maître te signalerait
que les grands esprits tels Hassan el Banna et
Sayyid Qutb nous avaient légué, en leur temps,

103

des pages lumineuses sur la décadence de l'Égypte de Nasser et celle, plus loin dans le temps, qui a vu la dernière visite d'un Gustave Flaubert brûlant de fièvre pour cause de syphilis avancée. Il t'apprendrait que nos brillants écrivains ou artistes, lancés sur la voie de Joseph Kessel ou d'André Gide, n'auront finalement eu d'autre choix que l'asile ou la bouteille. Les morts-vivants ne seront jamais créatifs, tu devrais le savoir, non ? Inutile de blâmer l'exil et la neige : ils étaient déjà morts avant de partir de chez eux. Les morts-vivants ne créent rien parce qu'ils vivent dans un tourbillon d'abstractions, loin de la réalité. Ils ne savent rien parce qu'ils ne partagent rien. Ils ne croient qu'en leurs chimères. Leurs corps respirent comme les nôtres mais il ne faut pas s'y fier, ces gens-là ne sont pas pour autant des êtres semblables à nous. Ce ne sont pas des êtres doués d'amour pour le Clément, de compassion pour leurs prochains, de générosité envers les plus pauvres. Ils dédaignent nos valeurs et nos manières. Ils ne trouveront l'apaisement ni auprès de leurs mères, ni à l'ombre de nos cités. Ils erreront comme toi dans un monde sans queue ni tête. Ils vivront toute leur vie dans l'absence d'être.

Ha.

Que le diable les emporte tous ! Ma voix est sortie toute seule, chauffée à blanc, au sujet de ces eunuques.

Qu'ils paient comptant le prix de leur défiance ! trancha le vénérable Maître avec fougue.

C'est à l'instant où je notais la véhémence de mon Maître, d'ordinaire si calme, que ma plume a buté, pour la première fois, sur une autre écriture. Je savais bien que les feuillets dont je disposais n'étaient pas d'une blancheur immaculée. Certes, j'avais remarqué çà et là des griffonnages, des bouts de mots que je parvenais à recouvrir de mon encre noire. Une ou deux fois, il m'a semblé que ces bouts de mots formaient des phrases, que ces phrases se congloméraient pour donner naissance à un paragraphe. Jusqu'à présent je n'avais pas encore rencontré deux ou trois paragraphes qui se suivent pour former un semblant de discours ou un bout de récit. Ce n'est plus le cas, j'en ai bien peur. Il faut croire que le sort en a déjà décidé autrement.

L'écriture est minuscule, si minuscule que l'œil humain peine à suivre ces pointes et ces fils d'encre. Ne dit-on pas qu'on peut contenir les quatre-vingt-dix-neuf noms du Très Puissant dans un grain de riz ? À force d'écarquiller les yeux, je suis parvenu à déchiffrer d'abord les minuscules lettres entortillées les unes dans les autres à la manière du figuier et de l'olivier décrits dans la sourate *al-Tin*. J'ai persévéré pendant des jours et des jours. Je peux la décrypter désormais à une vitesse convenable et ainsi entrer dans le récit d'avant ma dictée.

Pour l'instant, il convient de passer sous silence l'existence de ces sillons d'encre, autrement mon auguste Maître aux sourcils sévères en serait contrarié. Dieu merci, j'ai encore quelques feuillets pour consigner les réflexions et les enseignements de notre vénérable Maître qui vient justement de me faire un signe de la main pour mettre un terme à la dictée. Il prend congé, du moins en pensée, car nous manquons cruellement d'espace dans cette pièce sombre pour se retirer et méditer.

Nous ne manquons pas seulement d'air. Nous manquons de tout ce qui fait le banal des vies ordinaires. J'ai appris à ne jamais me plaindre car tout est entre les mains du Divin. Ce sera bientôt la prière de midi. Je m'apprête à enrouler mes feuillets et à les ranger dans leur cachette : un trou creusé dans la terre meuble, sous mon oreiller. Cependant, je ne peux me résoudre à quitter des yeux les deux premiers feuillets car j'ai réussi à percer le secret de cette graphie. Sûrement qu'il est des secrets plus ardus à dévoiler. Il m'a suffi de ramener la feuille sous mon nez et de souffler dessus. Le souffle humain n'est-il pas célébré dans maints versets et hadiths ? Après quelques essais infructueux, crois-le ou non, mon haleine a fait des miracles ou alors est-ce simplement l'effet de l'air si saturé d'iode ? Des zones qui semblaient à première vue vierges de toute graphie ont changé de couleur. Elles noircissent et, ce faisant, envahissent la page. Des courbes apparaissent. Des stries se font lignes rectilignes. Des phrases naissent pour s'agglutiner en paragraphes, puis en pages. J'écarquille les yeux tandis que les grains du chapelet coulent entre les doigts de mon Maître comme des grosses larmes. Son esprit vogue et ses lèvres bougent. Ses pensées s'enchaînent comme des versets. Je lève le nez. Des senteurs parfumées – figuiers et poivriers, jasmins et câpriers sont à maturité pour quelques jours encore – montent des environs et viennent, par la grâce du Bienveillant, nous chatouiller les narines.

Je jette un coup d'œil sur le patriarche avant de basculer dans le miroir tendu par l'autre graphie. Je caresse du doigt son titre à peine lisible, quoique intact.

Le Livre de Ben

… vous voilà Ben ! Je vous attendais depuis des années. Je savais que nos routes allaient se croiser un jour ou l'autre. Vous étiez arrivé menotté dans ce camp d'infamie, je m'en souviens bien, vous aviez l'air absent. Et vous aviez déjà l'envie de recoudre les morceaux de notre présent disloqué. On dit aussi qu'en quelques semaines vous étiez devenu parisien jusqu'au bout des ongles. Dans la ville de Marcel Proust, vous recherchiez non pas l'harmonie mais la beauté des jours ordinaires. Il paraît aussi que vos histoires ne prenaient jamais fin à l'aube (gribouillis illisible)…

… à vrai dire, je ne vous connaissais pas personnellement, du moins pas encore. Mais je vous imaginais assez bien, vu le nombre d'anecdotes colporté sur votre compte, la myriade de contes qui passaient de bouche à oreille. Beaucoup de récits puisés dans votre vie et votre œuvre circulent à présent dans le monde entier. Ces récits anonymes, ces petits vaisseaux autonomes, je les ai emmenés avec moi jusqu'ici, jusque dans la Corne de

Ha.

l'Afrique… (grosses taches d'encre)… Je me réfère à vous parce que le sort a voulu que nos chemins se croisent, par la vertu du hasard, dans ce camp de rétention, dans le sud de la France. Nous avions ainsi partagé pendant trois semaines la peur, les travaux pénibles et le pain rassis. J'étais un dissident, vous étiez un intellectuel juif mais nous étions tous les deux allemands (taches de graisse)…

… je suis un vieillard à présent. Je doute que mon surnom, « l'ange boiteux », ne vous dise quelque chose. Depuis notre rencontre fortuite vous n'avez jamais quitté mon esprit. Il me suffit d'un stylo et d'une feuille de papier pour me retrouver dans votre sillage. À distance, je vous imagine encore mieux que si j'avais été, auprès de vous, à Paris par exemple. Avec un peu d'effort je vous vois clairement. Comme d'habitude, vous allez déballer votre bibliothèque. Vous sortirez un à un vos livres qui ne trouveront pas la place nécessaire tant votre chambre est exiguë. Des livres, des manuscrits et des journaux, il y en a déjà posés sur le lit, entassés par terre, empilés partout. Dès le premier jour, dans ce minuscule appartement parisien, vous avez épinglé religieusement le tableau de Paul Klee, *Angelus Novus*, sur le mur juste en face de la petite table de travail. C'est votre porte-bonheur, votre missel, votre talisman prophylactique. L'horizon vers lequel vos yeux de grand myope se perdent. Et vous vous lancez dans le travail. Vous faites mine d'écrire. En vain. À vos épaules, on voit si vous êtes inspiré ou non. Vous revenez à la charge mais quelque chose vous résiste. Vous restez immobile de longues minutes, la main sur la joue. Vous ruminez, vous tournez et retournez les mots dans votre bouche comme un noyau d'olive, coincé sous la langue. Étrange cette stérilité pour vous qui disiez jadis que « Paris est la grande salle de lecture d'une bibliothèque que traverse la Seine ». La vie se loge-t-elle, tout entière, dans une salle de lecture ? En quarante-huit ans, vous n'avez fait que lire et écrire. « Bon qu'à ça », disait de vous votre ami d'enfance, Gershom Scholem, futur exégète de la Torah de l'université de Jérusalem (taches d'encre délavée)…

Je caresse du doigt encore et toujours cet étrange titre qui m'a l'air magique.

L'odeur du père

Mon patron m'a appelé à l'aube. Je n'avais pas eu le temps de boire mon verre d'eau comme je le fais d'habitude. Encore moins d'allumer mon ordinateur. Il était impatient. Inquiet aussi.

« Tu dois aller droit au but sans perdre de vue le contexte international, Djib. Nous avons un agenda à respecter. Tu m'écoutes ? Tu dois te lancer maintenant, c'est le moment idéal ! »

Voilà ce que m'exhortait cet ancien étudiant en anthropologie culturelle de l'université Stanford, en Californie.

Je lui ai expliqué que sur le terrain la situation était plus que tendue.

« Nous sommes au courant », m'a-t-il coupé sèchement, avant d'enchaîner brusquement sur la stratégie des mollahs de Téhéran qui combinent habilement tradition impériale perse et ferveur islamique contemporaine.

J'ai bafouillé quelques excuses, n'ayant pas eu le temps de lui demander où il voulait en venir avec cette considération sur l'Iran. Nul n'ignore que ce pays s'est doté d'un parc électronucléaire tout comme le Pakistan ou la Corée du Nord et qu'il s'est engagé dans la chasse aux gisements ici même en Afrique. Que voulait-il dire ? Est-ce que Téhéran est à nouveau dans la mire des faucons du Pentagone ou est-ce simplement un écho de leur paranoïa habituelle ? Il m'a raccroché au nez. J'étais furieux et impuissant.

Profitant de la courte fraîcheur matinale, j'ai fait route vers une *madrassa* perdue dans la gigantesque décharge de Damerjog, au sud du pays. J'y ai rencontré deux personnes qu'on m'avait recommandées. Un mouchard bien rémunéré m'avait indiqué cette piste. Leurs propos étaient incohérents, leurs hypothèses oiseuses. Des adeptes de la théorie de la conspiration juive. Des contempteurs d'Israël comme on en trouve des milliers entre Sahel et Sahara. De ces entrevues, j'ai su très tôt qu'il ne sortirait rien de consistant. Pour ne pas éveiller leurs soupçons, j'ai pris des notes abondantes, bonnes pour la poubelle. J'ai hoché la tête à chacune de leurs interrogations tout en faisant mine de confirmer ou d'infirmer le renseignement en question. On dirait qu'un faussaire les a mis sur ma route pour me faire perdre du temps. C'est à ce genre de détail qu'une enquête se consolide ou se délite sous vos yeux.

Je n'aime rien moins que les ruminations. Je suis payé et plutôt bien pour enquêter, juger du degré de fiabilité des témoignages, établir des preuves et ramener les fruits de mon observation.

Mes commanditaires sont impatients comme savent l'être les grands orfèvres de la finance qui achèvent et vendent des pays entiers à tour de bras. Ils n'ont que faire de mes atermoiements, de mes larmes sur ma vie d'avant.

Et pourtant on ne revient pas impunément sur les traces de son enfance. De mon père, je garde certaines sensations que je n'oublierai jamais, certaines images gravées dans le ciel bas de mes souvenirs. Ses cheveux d'un blanc de squelette. Sa carcasse osseuse. Sa démarche rigide qui faisait penser que quelque chose dans l'échine s'était irrémédiablement coincé. Il lui fallait compenser cette raideur dorsale par de larges mouvements des hanches. Je garde dans ma mémoire le souvenir d'un incident qui m'a hanté si souvent par la suite. J'étais dans un bus, de retour du lycée, au milieu du brouhaha des copains. Mon frère, que je voyais désormais de loin en loin, était exempté de cours ce jour-là parce qu'il était à l'hôpital pour des examens. Soudain, j'ai aperçu mon père marcher le long de la mosquée qui descend sur la plus grande place de la ville. Et, j'ai eu honte de cet homme, de son pas de crabe, de sa démarche heurtée. De sa pauvreté aussi. Il marchait à pied alors que je l'aurais vu volontiers au volant d'une Peugeot — même cabossée. Il ramenait un sommier qui nous faisait défaut à la maison. Il le portait sur la tête, sans doute voulait-il économiser le prix d'un taxi commun ? Le visage fermé, il marchait lentement. Il manquait à chaque pas de s'écrouler sur son sommier léger mais très encombrant. À mes côtés tonnaient les rires de mes camarades. Je ne suis pas descendu pour l'aider. J'ai détourné la tête de peur qu'un copain ne remarque ma gêne, ou pire encore, ne reconnaisse mon père. J'étais presque adulte et j'avais honte de lui. Je suis fils

de cette honte et je resterais dans sa geôle jusqu'à la fin de mes jours. Les impressions qui
vous façonnent le plus sûrement sont celles qui
sont absorbées de bonne heure, inconsciem-
ment. Comme si ce singe monstrueux qu'est la
honte me rongeait les entrailles, m'amputait un
membre ou me rendait orphelin de mon père.
J'étais incapable de m'en accommoder, de faire
mine de l'ignorer. Je sais que je vais la trimbal-
ler partout cette infamie macérant au creux de
mes tripes. Je dois apprendre à vivre avec elle.

L'ai-je surmontée cette honte quinze ans
plus tard? J'en doute. Honte de ses haillons,
de sa santé chancelante, de sa démarche déglin-
guée. Il est des hontes qu'on n'oublie jamais.
Dans le vif du présent comme dans les volutes
du passé, elles m'accompagnent partout.

Bizarrement, ma matinée n'a pas été totalement fichue. Les deux types rencontrés à
Damerjog m'avaient quand même mis sur la
piste d'une femme. Une Européenne, ancienne
interprète auprès de l'Unesco. Une Française
prise, semble-t-il, dans la toile d'araignée d'un
complot démesuré pour sa personne. Ont-ils
lâché cette information à dessein ou était-ce la
seule en leur possession? Difficile de trancher.
Les délateurs ne semblaient pas sûrs de leur

coup. J'ai repris le bus. Je suis rentré à l'hôtel assez tôt afin de joindre Montréal avant midi heure locale. Le muezzin appelait les fidèles pour la prière du *'asr*, en fin d'après-midi. Depuis ma chambre, j'ai fait le point avec Denise qui, de loin, m'a aidé à établir un dossier rigoureux sur les délateurs, le classer, l'archiver et le confronter avec d'autres éléments. Elle a un flair redoutable pour m'orienter dans le labyrinthe de mes hypothèses, me forcer à redéfinir mes priorités. Ensuite, j'ai dîné léger – plateau de fromages et salade –, allongé sur le lit, un œil sur CNN et Al-Jazeera International.

Pourtant très vite, j'ai pris un envol. Une lévitation singulière. Sans doute la proximité de la plage de la Siesta est-elle une raison suffisante pour que le passé me couve sous son aile. J'ai senti monter en moi la petite voix de mon enfance mêlée à celle de David sur la plage. Nous sommes tous les deux à présent, comme avant, assis, coude contre coude, devant la mer.

Je nous revois aujourd'hui encore dans cette position. Deux petits corps serrés et tremblotant de joie. Deux jumeaux mal assortis, plus souriants que silencieux. Mon frère Djamal avait compris d'instinct qu'un trio serait toujours conflictuel. Chaque fois qu'on le croisait, il avait l'air plus malheureux que la veille. Il se disait souffrant, donnant l'impression d'avoir une pierre dans l'estomac et un hérisson dans la gorge. Je ne le plaignais pas.

Kha.

Mais qu'est-ce que j'apprends ? Le kaffir du Québec ne tient pas en place, c'est ça ? Tu es allé dans le Sud. Et tu as battu en retraite à la première occasion. Comme un paniquard tu t'es calfeutré dans ta chambre d'hôtel hier toute la soirée. Et tu as appelé longuement ta psychologue de femme ou de partenaire, comme vous dites en Amérique. Tu as dit oui à toutes ses remarques, à toutes ses demandes. Écoute plutôt cette histoire, elle te concerne. Elle nous concerne tous. Ce n'est pas un joli conte oriental, tu vas t'en rendre compte. Laisse-moi te guider à présent, ô toi Djibril le mollusque !

Il était une fois douze villes douze fois bénies. Douze villes qui avaient reçu en partage toutes les faveurs sur terre, par la grâce du Charitable. Un jour, elles quittèrent, par défi ou par étourderie, la bonne voie. Comment peut-on tourner le dos à cette foi millénaire, partout conquérante, pour chercher refuge dans les palaces et les alcôves de la luxure ? Comment peut-on oublier que la terre appartient à Dieu (que Son nom soit sans cesse sanctifié) et qu'Il nous la prête pour notre survie quotidienne et pour un temps bien déterminé ? Comment peut-on se prendre pour le propriétaire de cette vie passante, temporaire, allouée, et qui devrait être dédiée entièrement à Sa louange ? Comment peut-on oublier la loi de nos pères au point de ne plus circoncire sa progéniture ?

Dire que nos pères ont traversé et retraversé le Sinaï, leur seul lieu de passage par la terre ferme entre les deux continents, l'Afrique et l'Asie, qu'ils ont établi les routes caravanières qui reliaient la Chine à la Syrie en passant par l'Inde et la Perse pour aboutir au lac Tchad. Les progrès de la navigation, bénis soient la mousson et les alizés, nous facilitaient la tâche. Nous avons pu ainsi apporter la parole d'Allah plus loin encore. Nous avons ramené des Païens dans la bonne direction, détruisant leurs idoles et construisant des mosquées sur le lieu même de leurs forfaits, élevant leurs esprits et améliorant leur quotidien par l'entremise de nos maîtres qui poursuivaient leurs œuvres au milieu de ces populations. Notre message et notre puissance s'étendirent sur les sept mers et les cinq continents, apportant la paix et le progrès à mille tribus qui ne connaissaient que les razzias et les ruines. Pas étonnant que le seul nom d'une de ces villes éveillât l'envie et la crainte, ravivant chez nos vassaux de vieilles douleurs longtemps enfouies.

Voilà ce que nous étions, répéta le Maître avant de se racler la gorge pour reprendre le fil de son sermon, le temps, pour moi, d'essuyer mes mains avec le bout de ma djellaba et de reprendre la dictée.

Nos anciens avaient la nette sensation que Dieu avait assemblé ces douze cités pour les voir accomplir des actions extraordinaires ou connaître une déchéance exemplaire. Peu à peu, elles ont perdu de leur éclat. L'inertie tétanisait leurs augustes commandeurs tournés davantage vers leur gloire passée, plus prompts à commémorer et chanter les hauts faits d'hier qu'à affronter les diktats du présent. La pauvreté circulait désormais dans nos villes, passagère étrangère d'abord, de plus en plus familière avec le temps. L'arbitraire et la violence, le pillage et la maraude devenaient des recours ordinaires. Des nuées de sauterelles s'abattirent sur les champs de nos agriculteurs, précipitant l'exode. Nos Bédouins mouraient par milliers dans le désert. Partout montaient des ruminations sombres, des prophéties noires comme le deuil. Les sultans perdaient leur aura et leur honneur, se vautrant dans la débauche, s'affichant avec des maîtresses impies qui veillaient au grain pour le compte de leur patrie. De saison en saison, toutes nos valeurs qui faisaient la réputation de cette contrée comme l'hospitalité, la piété, la générosité et l'ardeur au travail étaient devenues au mieux des incantations, au pire des vieilleries honteuses. L'une après l'autre, les douces cités jumelles tombaient dans l'incurie. Même les mots perdirent de leur sens.

Croyez-moi, mes chers et pieux élèves, les choses se sont passées ainsi. Ma qualité de conteur n'a rien à voir avec la noirceur du récit, Dieu m'est témoin.

J'ai levé la tête, regardé mon Maître pris d'une quinte de toux. Je priais pour qu'il ne s'étouffe pas. J'ai levé au ciel mes deux mains jointes, implorant le Bienfaiteur. Un silence s'en est suivi, mes prières ont été exaucées. Allahou Amin ! Mon Maître respirait normale-

Kha.

ment. Et au moment où mes yeux se posèrent
de nouveau sur ma feuille, j'ai eu la nette sensation que l'autre graphie avait déjà refait surface…

Le Livre de Ben

… il fait sombre à cette heure de l'après-
midi. Une atmosphère automnale nimbe le
ciel de Paris. Je vous vois comme si j'y étais,
oui je vous vois rivé à votre table comme
chaque jour de votre existence. Je me tourne
vers vous. Vous avez entre les mains un livre
pour enfants illustré par Marc Chagall. Puis,
vous reprenez votre cahier. Vous en tournez
les pages qui sont précédées par l'haleine du
passé. Elles sont d'un jaune blême, l'écriture
est par endroits invisible comme si elle avait
été avalée par l'usure et le soleil. Pendant de
longues années, ce cahier n'a pas été ouvert. Il
a été oublié chez le vieux chapelier juif de la
Rosenthaler Platz ou caché dans quelque
tiroir chez une amante de passage. Et vous
l'avez cru perdu dans les déménagements berlinois. Vous tremblez en tournant ces pages,
vous butez contre le seuil de votre mémoire.
Vous avez peur qu'elles vous révèlent quelque
chose d'insupportable. Quelque chose que

vous aviez réussi à enfouir. Ce cahier est une mosaïque de notes. Des notes succinctes, une suite de mots qui font impression. Des répétitions aussi comme vos obsessions de grand mélancolique. Dans ces pages, tout, de vous, est dit. Vos peurs, vos douleurs et vos maladies. Introverti vous le restez alors que tout autour de vous les autres exilés parlent fort, crient et avalent la moitié de leurs mots à peine éclos. (trou dans la page)…

… et nous sommes dans un temps incertain mais le Diable est là, rôdeur professionnel. Séquestrant ses captifs, plus nombreux qu'étoiles dans un ciel sans lune. Nous sommes quelques-uns à nous évertuer à conjurer les profuses malédictions en restant d'abord vivants puis en apportant la parole de colline en colline, de village en village, de cité en cité, d'îlot en îlot. Quel bonheur de voir les lèvres de parfaits inconnus tressaillir à notre rencontre, d'entendre les premiers vagissements monter de leur gosier, les premiers sons éclore sur leurs lèvres pour devenir des paquets sonores puis des mots porteurs d'espoir. Parmi ceux-là dont les lèvres remuent déjà il se trouvera peut-être un ou deux individus, des enfants le plus souvent, pour braver l'interdit, quitter leur groupe, affronter les ténèbres, sauver leurs semblables et porter au loin la parole reçue.

124

Kha.

Ils survivront à travers les âges. Ils sont unis entre eux par un pacte simple, solide et charnel. Les choses se sont donc passées ainsi…

En lisant et relisant ces fragments, il me vient une idée extravagante : l'auteur de ces écrits était-il de la même engeance que moi ? Accomplissait-il la même tâche ? Serait-il un scribe qui note tout ce qu'on lui dicte ou un menteur qui invente à sa guise ? Tu en dis quoi, ô toi l'imposteur du Grand Nord ?

L'homme aux deux tombeaux

Carnet n° 3. Jeudi 5 octobre. 14 heures.

J'éteins l'ordinateur et glisse mon nouveau carnet dans le tiroir. Rassuré par le fait qu'un voleur ne tirerait pas grand-chose de mes notes lisibles pour personne, excepté Denise, je sors guilleret. Je sifflote même.

Dès le perron de l'hôtel, je constate des changements à peine perceptibles dans cette partie privilégiée de la ville aux allures de presqu'île. Par endroits, la route disparaît sous le sable. Les trous dans la chaussée s'élargissent et se rejoignent brusquement pour engloutir le bitume dans une étreinte animale. Les trottoirs sont inexistants, avalés par la boue. À mesure que je quitte la ville par une route qui monte à flanc de falaise, le sol se fait de plus en plus pierreux, un sol couleur brique dès que le soleil n'est plus au zénith. C'est dans ce périmètre qu'on a retrouvé, le 18 octobre 1995, le corps carbonisé du magistrat français Bernard Borrel. Depuis, l'affaire empoisonne les relations entre Djibouti et la France. Suicide? Meurtre? Le mystère n'a pas été résolu à ce jour. Les services du contre-espionnage français s'y sont cassé les dents. Peut-être que la CIA et le MI-5 se proposeront d'éclaircir cette énigme.

Inutile de quitter le confort de mon taxi loué pour la demi-journée, je sais d'instinct combien la marche s'avère un exercice difficile par ici. Il faut imiter les chèvres et sautiller sur la caillasse volcanique qui vous cisaille la plante des pieds et vous tord les chevilles. Sous la semelle, les cailloux noirs font un bruit de porcelaine brisée. Une colonne de fumée s'élève dans le ciel à l'est, du côté de l'aéroport. Un convoi militaire de retour d'une opération dans l'arrière-pays? Le vent ramène des senteurs jumelles de soufre et de sel. Il y a quelques semaines, une portion de terre s'est effondrée sur l'autre rive, sous l'effet des pelleteuses qui meurtrissent la croûte terrestre plus fine qu'une galette de mil. La nature s'en mêle aussi. Le vent a catapulté les pierres tout au fond du Goubbet al-Kharab. On a su plus tard que la mer avait fait des siennes à cause du tsunami. Quatre mille mètres cubes de pierres et de terre ont glissé dans la mer en quelques minutes. C'est la théorie des dominos : un froissement d'ailes de papillons au-dessus de la forêt amazonienne suffit à déclencher un ouragan ici même, dans le golfe de Tadjourah. J'ignore si les nomades ont une explication solide pour ce type de phénomènes.

Grand-père Assod était un conteur-né. Quand il était habité par ses histoires, sa voix épousait un rythme nerveux et obsédant. Il avait vu le jour dans un campement nomade au nom inconnu, un demi-siècle avant notre naissance. Mes yeux s'étaient dessillés sur le périmètre intime de ce qui deviendra mon terrain de jeux. Mon quartier chéri. Trois ou quatre rues, guère plus. Le lac de ma vie couleur de boue quand tout va mal, couleur hibiscus quand il fait beau dans le cœur des hommes. Je me plaisais à m'imaginer déjà en train d'observer le monde à travers l'œil vitreux de l'utérus de ma mère. « Petit frère » n'était pas encore là. J'étais le prince du monde pendant une bonne demi-heure. On disait qu'à ma naissance j'avais le nombril saillant et les genoux mollassons. Je me rappelais parfaitement une chose : l'humidité de l'air dans la cour. Une moiteur que n'arrivait pas à dissiper le ventilateur maigrelet qui brassait l'air sans conviction. On m'avait ensuite lavé les yeux, les oreilles, les narines et l'anus. Dégagé des impuretés, comme un sou neuf, ma pensée était tout entière tournée vers ma génitrice. Je contemplais les hautes solitudes des pâturages humains. Je savais prier en silence malgré la chaleur gonflée d'eau de cette ville qui allait être mienne. Tout autour de moi, on parlait un sabir grimé en somali. Des onomatopées et des borborygmes revenaient en boucle. Pourquoi ne parlaient-ils pas comme tout le monde ? Pourquoi s'efforçaient-ils de réfléchir par pensées paresseuses ? J'avais le sentiment de me trouver devant un mur de cactus. Sans me l'avouer, j'entrais déjà en résistance contre mes proches.

Enfant, j'avais pris l'habitude d'assurer mes arrières, de défendre mon bout de pain avec la barbarie du désespoir. Le boire et le manger acquis, je me livrais à des anticipations et des prospections. J'avais prédit le pays inabouti et le crépuscule des pères. Seules les dames fortes, bien servies par la chiennerie de la vie, survivraient sans rien perdre en dignité. À cette époque déjà Mère se levait aux aurores alors que Père dormait souvent jusqu'à midi.

Sérieux, grave même, je ne renonçais pourtant pas aux petits larcins des enfants de mon âge. C'était comme une seconde peau ou, si vous préférez, un costume de caméléon, une couverture pour ne pas éveiller les soupçons. Je connaissais aussi mes limites et surveillais d'un œil les agissements de « Petit frère ». Pas de fugues et pas de désertions. Je ne poussais pas non plus l'inconscience jusqu'à rejoindre les rangs de ceux qui perdaient la tête en sniffant le pétrole, la colle ou le *white spirit* dans des canettes Pepsi Cola. Je me préservais pour les grandes missions à venir, les enquêtes à conclure, les mystères à élucider, les pages héroïques à écrire. Pour l'instant, juste des petits larcins ; et de temps à autre, une razzia impromptue dans l'arrière-boutique de l'oncle Farah. Avec les pièces chipées je m'offrais un cornet de cacahuètes ou des beignets chauds et pimentés. Grand-père Assod, surpris à la sortie de la boutique, s'inquiétait aussitôt :

« Où t'en vas-tu comme ça ? Il est où ton frère ? Cours moins vite, petit lion ! »

Les mots étaient longuement ânonnés avant d'être fixés sur la planche coranique. Le *mouallim* de la *madrassa* n'était pas toujours tyrannique. Pas dans mes souvenirs, du moins. Il vous traitait de « crâne dur » chaque fois que vous le méritiez et c'était tout. S'il grondait quelqu'un, c'était mon frère jumeau qui était plus prompt à la rébellion que moi. Notre *mouallim* s'était peu à peu détourné du tapis roulant de la vie. Il avait accepté son sort squelettique et attendait la mort ordinaire qui viendrait assurément.

Une petite éternité plus tard, on tapait fort dans le ballon. Sur le terrain, on était aussi nombreux que des alevins sur la plage de Doraleh. On criait fort. On faisait cercle autour du dribbleur. À nous deux, mon frère et moi, on savait mieux garder le ballon que tous les autres joueurs réunis. Une passe à toi, une passe à moi. Et but. Le match fini, on prétendait se faire les muscles en soulevant les ustensiles de cuisine remplis d'eau par la petite bonne de la maisonnée.

On accédait enfin à la graphie, à l'expression artistique : on inscrivait à la grosse craie, sur les flancs en tôle d'aluminium des baraquements du voisinage, des âneries, des injures et des mots de vergogne qu'on imaginait définitifs. On possédait désormais le français de l'école. *Moi, j'enquile ta seur pour 10F,* inventait l'un. Et aussitôt l'autre d'ajouter en guise de signature *tojour.* Les frères de la sœur à l'honneur souillé rechercheraient l'auteur du forfait jusqu'à la fin de leurs jours.

Me reviennent en mémoire les prairies indigo de l'enfance et les couleurs de braise de l'adolescence que l'on pavoise toujours un peu trop. Les après-midi couleur safran ne s'oublient pas non plus. La lune, en ces temps-là, est un ongle d'or dans un ciel moiré. Tant que la mort n'est pas dans ton foyer c'est qu'elle sévit chez le voisin, professait grand-père Assod reprenant à son compte un vieux proverbe. Et nous de faire des calculs savants pour déterminer, à partir du périmètre intime de mon quartier, le lieu exact où rôdait la mort. Parfois, il faut l'avouer à présent que le temps a fait son œuvre et que je n'éprouve presque plus cette honte infantile, nous nous trompions quand, par exemple, nous expédions hors de la terre de Dieu un vieillard du coin. En somme, nous mesurions d'instinct la portée de ce proverbe que nous ignorions encore à cette époque. C'est que la mort n'est toujours pas une équation à trois inconnues. Elle avait plutôt le visage d'un animal familier en ces temps-là. Rien que dans le nid familial, sur les cinq enfants au nombril cicatrisé, trois étaient repartis sitôt leur arrivée. Des petites sœurs que nous ne connaîtrions jamais. La mort devait passer chez nous tous les trois ans et c'est tout. Sans parler d'un père maladif pour lequel tout le quartier nourrissait de réels motifs d'inquiétude, d'une mère distante et taciturne et des membres de notre clan, chassés de leur brousse nourricière par la sécheresse, l'épidémie ovine ou la guerre, et qui rendaient leurs viscères et leurs glaires dans la cour. La mort entretemps, avait fort à faire dans les parages. On pouvait la suivre à la trace. Il suffisait de repérer les tentes dressées à l'occasion des funérailles. Ici, un bambin retournait à son vide abyssal, d'ailleurs on ne le disait jamais mort mais reparti – *shafeec* dans la langue des gens de chez nous. Là, un infirme passait de vie à trépas, la Faucheuse l'ayant surpris au milieu de sa prière du soir. Là encore, un jeune homme, sûrement trentenaire, apparemment en bonne santé, nous avait faussé compagnie sans crier gare. On dira qu'il avait trébuché et s'est brisé le cœur. Une folle s'était immolée sur la place de la mosquée prétextant que le Démon lui avait fait des

clins d'œil appuyés. Elle serait sauvée cette fois
et tout le monde s'écrierait que sa part de galette
était épargnée, c'était écrit là-haut, et que la
mort, elle-même, n'y pouvait rien. Allahou
Karim !

Plus étrange était le cas de l'homme-aux-
deux-tombeaux. On l'avait donné pour mort
deux fois, il était toujours parmi nous. La dernière fois, on l'avait ramené de la morgue. On
l'avait lavé, nettoyé et purifié. Il avait eu droit
aux prières à la mosquée du quartier. Puis, on
avait creusé sa tombe au mitan du cimetière
tout proche. À la dernière minute, quelqu'un
l'avait surpris animé par un petit souffle qui sou-
levait subrepticement sa poitrine froide. La vie
se rappelant en catimini à lui, son corps s'était
réchauffé passant du bois raidi à la chair vivante
quoique encore bien engourdie. Il avait bougé le
pouce droit, disent les uns. Il avait ouvert un
œil, rétorquent les autres. Et la suite s'était perdue en hypothèses et conjectures. Certains
racontaient qu'il avait marmonné une sourate.
D'autres auraient saisi sur ses lèvres le prénom
de sa femme, Khadidja. D'autres encore préten-
daient qu'il avait prononcé des mots incompré-
hensibles pour les hommes d'ici. Une chose est
sûre, sa famille stupéfaite avait repris sans tarder
le chemin du retour avec cet adage à la bouche :

« Quand ce n'est pas l'heure, ce n'est vraiment pas l'heure ! »

« Il nous enterrera tous, c'est moi Ayoub qui vous le dis. »

« Partons, cet homme a déjà deux tombes. »

« *Laba qabrileh* vivra encore parmi nous. C'est la volonté du Seigneur. »

« Devant Allah, nous nous inclinons, pauvres microbes que nous sommes ! »

« Amin ! »

Dans nos rêves nous nous imaginions plus forts, plus grands, surtout plus gros. Nous nous grattions l'estomac, nous nous lissions le menton avant de roter d'aise. Les gosses à la chair molle et aux grosses cuisses étaient raillés tout autant que jalousés. On leur envoyait à la figure les marques de lait en poudre que leur maman utilisait à la maison. « Gosier d'ogre, fils de Nido, va retrouver ton bol de lait ! » restait l'insulte suprême juste après l'anatomie intime de cette dernière. Si manger était une obsession dans nos babils d'enfants c'est que la nature ici autorise rarement l'abondance. Pire, les brins de graminées ne réussissent à s'accrocher aux roches noirâtres que pour une poignée de jours. Alors adieu riz, adieu semoule ! Adieu ignames, manioc et bananes ! Adieu patates, tomates et mangues juteuses ! Adieu sésame, pastèques et grenades !

Les chats faméliques et furtifs de mon enfance en savaient quelque chose. Aujourd'hui encore, entre deux courses, ils font halte sous une table, un banc ou contre un mur pour reprendre leur souffle.

.

Dal.

Tu te promènes à présent en taxi. Et tu veux nous faire croire que tu es un fin limier, un as du renseignement militaro-industriel. Je reprends le fil du récit de mon vénérable Maître, si tu le permets.

Et l'espoir est revenu dans nos douze cités avec une nouvelle catégorie de citoyens – ceux-là mêmes qui, il y a peu de temps, étaient considérés comme des étrangers, des immigrants et des réfugiés. Certains d'entre eux ou leurs parents se sont organisés pour quitter les villes décadentes, investir les grottes et les abris rocheux comme jadis le prophète Mohammed et ses estimables Compagnons. Ils ont établi des campements dans le désert et la savane, rameuté les forces disponibles, ravivé dans les cœurs la foi en l'Unique. Et ils se sont armés aussi pour se défendre et reconquérir les territoires tombés aux mains des renégats et des infidèles.

Le visage de mon vénérable Maître est radieux à cet instant. Il ne tousse plus. Je crois qu'il sourit encore à l'évocation de ces premières graines de résistance qui, à leur tour, donneront l'arbre du renouveau. Je lui souris à mon tour. Nous sourions tous. Je me demande s'il avait senti mon sourire se former sur mes lèvres. J'en perds le fil de la dictée. J'ai buté contre un bloc de mots.

La tradition rapporte que, du temps de notre Prophète, les *ayats* ou versets étaient écrits sur plusieurs supports de fortune tels que des feuilles de palmier, des morceaux de cuir, des os plats, des tessons de poterie ou des pierres avant d'être appris par cœur par les croyants. La mort d'un ou plusieurs de ces Compagnons à la mémoire prodigieuse a amené par prudence à la compilation des sourates regroupant les révélations reçues par le Prophète grâce au rôle de messager de l'ange Jibril. On est passé ainsi de la parole à la graphie pour le plus grand bonheur des scribes

Dal.

comme moi. Notre tâche n'a pas toujours été
aisée. Pour preuve, je suis à présent désarmé
contre ce bloc d'encre. Notre livre divin, le Saint
Coran appelé aussi la somme des livres, *oum al
kitâb*, n'invite-t-il pas constamment les impar-
faits que nous sommes à se perfectionner en se
dévouant nuit et jour au Dominateur. Je suis
attiré par la masse noire qui a pris forme sous
mes yeux. Il n'y a aucun doute : une autre graphie est là. Un autre récit attend, à son tour,
d'être livré. Comme si la main d'un second
scribe prenait le relais de la dictée, le fil de mon
récit, en lui impulsant une tout autre direction.
Comme si un second conteur attendait son
heure en catimini. Un autre conteur, connu de
moi seul. Mon complice...

Le Livre de Ben

... non, Ben vous n'avez jamais été bavard.
J'aime bien vous appeler Ben c'est plus intime
et moins intimidant que Dr Walter Benjamin.
Les rares mots qui peuvent sortir de votre
bouche semblent retenus par une force mystérieuse. Puis ils s'écrasent sur nos tympans
comme le bruit sourd d'une hirondelle per-
cutant une baie vitrée. Ils témoignent de la

141

noirceur du passé, des harmonies perdues au cœur de l'Europe ou de la magie des forêts profondes.

À Czernowitz, en Bucovine, la moitié de la population de cette ville roumaine est juive. C'est une ville prospère qui possède son quota de pauvres. Un bastion de la culture occidentale dont la puissance a perduré bon an mal an jusqu'au milieu du siècle dernier. Paul Celan y naît en 1920, il a deux ans de moins que votre fils unique, Stefan.

La zone du silence est un territoire de l'imagination où tout est possible. Elle s'apparente à un désert où seuls des cactus vieux de cent ans s'épanouissent en douceur, les épines tendues vers l'infini. Vos yeux se reflètent, Ben, dans le miroir d'autres yeux, votre silence emplit d'autres corps. Et vous n'avez pas oublié le visage de votre père antiquaire, les parfums de la grande maison bourgeoise, l'éclat de l'argenterie, la qualité des meubles. Si un détail vous échappe, c'est à nous de lire entre les lignes, de remplir les trous. Mais comment oublier les jeux de l'enfance, les instants radieux comme les échappées à vélo avec la belle Anja aux fins traits dans les jardins de Tiergarten, les bagarres avec Egon, le gosse au visage de vieil homme, les promenades au bord de la Spree aux eaux profondes couleur de noyade, les conversations avec

Dal.

votre cheval de bois dans le grand salon familial et l'amitié du vieux chapelier tout droit
sorti du Livre de Moïse.

Un ciel flamboyant, fournaise d'un éternel
été, montrait par intermittence son visage à la
place de la brume habituelle. Vous étiez beau,
à l'époque. Beau comme un prince italien
sortant d'un tableau vénitien pour rentrer
dans un autre. Tout cela est si loin. Aussi loin
que le temps où il y avait encore des huma-
nistes maîtrisant treize ou quatorze langues.
Aussi loin que l'époque où les hommes
avaient posé la première pierre de votre ville
natale. Berlin : deux syllabes exotiques dans
une plaine battue par le froid. Un visage de
cire surgi d'un récit antique. Berlin de tous les
ouvriers battant la cadence de la révolution
industrielle. Berlin : une silhouette sinueuse
aux reflets d'ambre et de poix qui rameute les
sortilèges de la vieille Europe avant de basculer dans le camp de la mort.

C'est dans les cafés enfumés de Berlin que
vous avez écrit vos premiers récits sous la
houlette des romantiques et utopistes du
siècle d'avant le nôtre déjà en lambeaux.
Vous avez tant écrit sur l'histoire de votre
pays, sur le crépuscule de l'empire et sur les
feux scintillants de la république de Weimar
en puisant dans les mythes, le judaïsme et les
arts. Poète, vous avez donné chair aux choses

143

indicibles un peu à la manière de Joseph Roth, un autre poète et pèlerin qui vous ressemble tant. Vous vous êtes égaré un temps dans une forêt aussi luxuriante que l'archipel de la langue allemande, bien plus riche, plus complexe et plus élastique que ses voisines latines. Vous insistiez sur la capacité de cette langue de maintenir jusqu'à la fin de la phrase son mystère. Elle fut toujours une source de fierté, cette langue qui s'escrime avec les antiques questions métaphysiques du temps et de l'existence, des rêves et de la réalité. Vous la maintiendrez en vie jusqu'au bout de vos errances du Danemark aux îles labyrinthiques de la Méditerranée en passant par la frontière des Pyrénées. Jusqu'à la fin de votre séjour parmi les hommes...

Vous avez dit « aveux » ?

Carnet n° 3. Jeudi 5 octobre. 22 h 35.

De retour, un message m'attendait. Un homme qui disait posséder des informations m'avait laissé un pli. Il avait utilisé le mot « aveux » dans le courriel qu'il m'avait envoyé, la première fois à mon adresse professionnelle, il y a six jours. Je l'avais presque oublié cet énergumène. Ce terme d'« aveux » m'avait intrigué tout de suite. J'ai cru un temps que ce mot clignotait sur l'écran de mon portable. Le reste du message était bref. Deux lignes indiquant l'heure et le lieu de rencontre « dès votre arrivée à Djibouti », précisait-il. Pourquoi cette

145

impatience ? J'avais mis l'emploi de cet « aveu » sur le compte d'une maîtrise imparfaite de la langue : ce type avait sans doute vu la veille un film d'espionnage au cours duquel un épigone de James Bond recueillait les confessions d'un agent double. À moins qu'il ne s'agisse d'un jeu de piste. Nous serions, dans ce cas, comme deux cabalistes : celui qui écrit et celui qui lit. Deux cabalistes engagés dans un tête-à-tête des plus ludiques. Celui qui provoque et celui qui réagit. Celui qui donne l'information et celui qui la décrypte. Nous seuls pourrions comprendre la portée de tel ou tel mot. Voilà ce que j'avais pensé avant de m'enfoncer, une fois dans ma chambre, dans mon enquête sur le passé et le présent des îlots du Diable.

Il me reste moins de deux jours. Mon enquête piétine, ce qui me met dans des états épouvantables. Heureusement, je ne suis pas toujours d'humeur maussade. Il m'arrive d'éclater de rire au fil de ma documentation. Comme lorsque je suis tombé, par hasard, sur un tract appelant à la conquête de l'Éthiopie par les troupes mussoliniennes. Ce tract a été débusqué dans les archives du Quai d'Orsay par un jeune historien de l'université de Djibouti qui vient d'ouvrir ses portes.

Vous avez dit « aveux » ?

Gibuti a noi! Gibuti a noi!
La clameur savamment orchestrée par les troupes glorieuses de notre Duce Mussolini, monte de la place de Venise à Rome. Djibouti à nous. Du jamais vu à Rome où personne ne peut indiquer sur une carte l'emplacement de ce territoire colonisé par la France. La place de Venise, le lieu de rassemblement des fascistes, tient ardemment à corriger le tir. Rien ne résiste à la volonté du grandissime Duce. N'est-il pas venu le moment de reconquérir la munificence de l'Empire romain, de refaçonner le monde à notre glorieuse image, de défaire l'histoire ? N'est-il pas temps d'absoudre le passé, d'effacer la vieille blessure africaine. Cette blessure a encore un nom : Adoua. Un nom agressif tel un parfum malfaisant. Cette blessure a un visage : l'Éthiopie qui défit les troupes italiennes en 1898. Quelle honte! Che vergogna! Comment un ramassis de tyranneaux arriérés, menés par un empereur d'opérette, peut-il humilier les Italiens devant le monde entier! Pourquoi notre solide nation serait-elle la seule à essuyer une défaite en Afrique, à ronger son frein et ne pas disposer de colonies à la hauteur de sa grandeur ? La patrie de Jules César relèvera la tête et effacera des pages de l'histoire universelle la légende du roi Salomon et de la Reine de Saba. Rien n'est plus

usurpé que cette chronique puisée dans diverses archives et rien de plus factice que les singeries de la cour de Ménélik ! Allons, levons la tête, fils de Garibaldi ! Nous marcherons sur le palais pseudo impérial.

Gibuti a noi ! Gibuti a noi !
Nous entrerons par Djibouti, le principal débouché de l'Éthiopie sur la mer Rouge et sur le monde extérieur. Nous marcherons sur Djibouti, écraserons colons et militaires français, affamerons les indigènes pas si nombreux, à ce que l'on dit, dans cette partie de l'Afrique plutôt désertique. À coup sûr, les Français décamperont dès qu'ils verront nos oriflammes et s'ils s'avisaient de nous combattre nous les ferons plier. Et le gouvernement français, très préoccupé par l'évolution de la situation militaire sur son front oriental et son front méridional, hésitera des jours et des semaines avant de décider l'envoi de militaires supplémentaires. Nos troupes aguerries n'en feront qu'une bouchée avant de se jeter sur le corps d'élite de l'armée de Hailé Sélassié, l'héritier de Ménélik. Partir en majesté, voir du pays, risquer sa peau si nécessaire pour se rapprocher de la Mère patrie : voilà ce qui motivera nos jeunes soldats dévoués à notre grand chef Mussolini. Djibouti, quel nom

étrange. Un nom étrange comme un rêve d'écolier refoulé, un appel de sirocco.

Djibouti la Française, la Britannique ou l'Italienne ? Il faut résoudre cette première inconnue pour parler comme les amateurs d'algèbre. La seconde inconnue étant la suivante : pourquoi là plutôt qu'ailleurs ?

Pourquoi la baie de Djibouti attirait-elle tant les Européens ? Et qu'était-ce Djibouti à l'origine ? Une poignée d'îlots magiques au-dessus desquels, depuis des siècles, l'histoire levait et tourbillonnait à la manière d'un ouragan ? Une poignée d'îlots comme autant de grains de beauté sur le cou d'une belle femme riche de toutes les légendes, de toutes les rumeurs ?

Les îlots sont à portée des yeux quand la brume se lève mais on les contourne le plus souvent. On n'y accède que par magie, la nuit tombée. Rien ne les rend attirants. Tout manque dans la baie, excepté un puits à fleur de terre, saumâtre. La végétation se résume à un manteau d'épines qui allèche les troupeaux. À toute heure, l'odeur du soufre volcanique empeste, usant la peau et les os. On raconte que des lièvres sauvages avaient colonisé jadis la baie avant l'arrivée des marins yéménites. C'est dans cette même baie, au sud de la capitale actuelle, que les forces américaines ont installé un centre d'écoute des plus secrets comme s'ils voulaient redonner crédit à des vieilles légendes. Un centre d'écoute au milieu de nulle part, le procédé étonne mais la suite des événements a donné raison aux services du renseignement américain. Et tout ça bien avant l'attentat, perpétré le 12 octobre 2000, contre le destroyer USS Cole, à quelques miles de là, dans les eaux yéménites. Le destroyer lanceur de missiles américain effectuait une escale de routine dans le port d'Aden, au sud du Yémen, pour se ravitailler en carburant. Mal lui a pris. Dix-sept marins américains ont été tués et trente-huit blessés dans l'explosion. Les deux auteurs de l'attentat ont également trouvé la mort dans l'attaque. Deux ans plus tard, le pétrolier français Limburg a subi le même sort. Un prisonnier de Guantánamo, Wallid ibnou Habach, alias Antar Ibn Antar, alias Mansour al Amriki – il a fait des études de biochimie à Richmond, en Virginie, d'où ce surnom impérialiste – a depuis déclaré, selon le journal al-Sharq al-Aswat, toujours bien informé, avoir acheté des explosifs et recruté les deux hommes qui ont fait exploser un canot contre le flanc bâbord du navire.

Ces deux attentats, sans compter celui raté

Vous avez dit « aveux » ?

sur *The Sullivans*, un autre bâtiment de guerre de la marine américaine, lui aussi de passage au port d'Aden en janvier 2000, ont montré l'utilité de ce centre d'écoute si discret et si précieux.

Dhal.

Alors, le mollusque du Québec, on se terre dans sa chambre? On traîne la patte, on rêvasse. Sais-tu que les fantômes font leur nid dans les fractures de l'histoire? Tu crois que je perds la raison. On affirme aussi que les poètes, les bardes et les griots, au contraire des scribes comme ton serviteur, sont souvent aveugles. On dit qu'ils scrutent le cerveau des hommes, qu'ils fouillent dans le secret de leur âme, qu'ils parviennent à soulager leur conscience. La perte de la vue stimule la mémoire, c'est connu. L'aveugle voit loin. Il perçoit tout ce qui fait le frisson de la vie et échappe aux hommes ordinaires. L'aveugle est silencieux quand il n'est pas au travail. La maladie qui touche les bavards est l'intempérance de langue, la faculté de produire des sons sans écouter personne, sans affecter le réel.

Je suis à présent un petit scribe bègue qui s'est rendu à son Seigneur, qui a trouvé la paix du cœur à Ses côtés. Un copiste à la mode d'autrefois, plus vieux que Plutarque, plus sage que Socrate ou Ahmed Egbal. J'écris sous la dictée de mon vénérable Maître qui est, bien sûr, aveugle. Ses mots ont la faculté de traverser le temps et l'espace sans trop de dommages. Je ne fais que prolonger leur course un peu à la manière d'un accélérateur de particules. Les géophysiciens, les spécialistes de la tectonique des plaques, les sismographes, les vulcanologues, les paléontologues, tous sont venus dans notre bout d'Afrique, à la recherche des secrets de la Terre. Ils ont surveillé scrupuleusement les sursauts de notre bonne vieille croûte terrestre, mesuré l'infini et l'étendue, pronostiqué les secrets du Sublime. Comment naissent-ils, les volcans ? Et les océans ? Pourquoi les momies se décomposent-elles à l'air libre ? Pourquoi ci, pourquoi ça ? Ils en sont venus à la vérité suivante : la terre ferme n'existe pas. C'est une légende juste bonne à maintenir à flot le moral des comptables et des statisticiens en mal de certitudes.

Dhal.

Les montagnes naissent, se tordent ou s'affaissent sous le poids des glaciers sans aucune explication scientifique. Pourquoi n'y a-t-il pas de vie hors de notre planète ? Toute science ne vit-elle pas sur ce silence paradoxal ? Les collines grandissent, s'arrondissent ; les vallées se creusent sous les ruisseaux ou s'assèchent. Pas très loin d'ici, un océan est en cours de gestation. Les plaques vont s'écarter. La Corne de l'Afrique va disparaître sous les flots. De cette dérive, il en restera, selon la volonté divine, un petit bout au milieu de l'océan Indien. Une île toute neuve et qui, bien entendu, n'a pas encore de nom. Voilà ce qu'ils ont conclu. Tu ne le savais pas ? Denise ne te l'avait pas encore appris ? Dommage. Mais que cela ne te tourmente pas. Il y a une explication. Je la tiens de mon vénérable Maître devant lequel je m'incline toujours, même quand il a tort ou quand sa hargne lui joue des tours. Nous n'aurons pas le temps de connaître cette dérive des continents. Elle viendra en son temps, avec le concours du Prévoyant.

Le monde ici-bas ne serait-il autre chose qu'une improvisation maladroite ? Les anciennes puissances européennes ont été englouties dans un océan de décadence. Les jeunes nations, naguère méprisées, redressent la tête en s'évertuant à allumer de vastes rébellions mais elles ont renié leur foi. Nous sommes dans un monde inversé où la mort précède la naissance, la fleur le bourgeon, la cicatrice la blessure.

Tu n'aurais jamais dû mettre les pieds dans ce pays. À ton avis, est-ce que la cécité de mon Guide est un don ou une épreuve ? Seul le Céleste le sait. Je dois me rendre à l'évidence : il se fait vieux, mon Maître ! Il est parfois amer et méchant. Puisse le Miséricordieux nous redonner des forces pour affronter ses faiblesses ! Il tousse encore et encore ces derniers jours. J'en ai mal à la poitrine comme si c'était moi qui toussais à sa place. Tiens, voilà que je bute encore sur ce satané palimpseste...

Le Livre de Ben

... approchez Ben, approchez doucement. Vous avancez dans la vie, le pas lourd et le souffle coupé. Vos lèvres bougent. Vous parlez tout seul à moins de dialoguer avec votre ange gardien, votre double qui vous suit comme votre ombre, jusque dans ce camp d'infortune. Certes, tout le monde sait que vous détestez les saints officiels, les grottes à miracles et les anges béats mais nul ne comprend pourquoi vous traîniez encore dans un Paris déserté par les anges? Qui êtes-vous Benjamin? Un saint homme qui déroule le fil d'Ariane de sa conscience? Un caméléon polygraphe et solitaire? Un savant affligé d'une immense tristesse qui doute de ses dons? Un esprit hors du commun qui se rappelle tout: les grandes théories philosophiques comme les mots d'ordre des grèves d'antan ou les berceuses de son enfance berlinoise fredonnées jusque tard dans la nuit:

« Pas de cash, pas de style
Juste un gros cœur qui bat
Un cœur crème!
Un cœur coco! » ?

Dans chaque nouvelle période de vie, nous entrons les yeux bandés. Vous ne dites rien. C'est bien ce qui m'inquiète. La vie ne ressemblera jamais à ce que nous en attendions depuis notre prime enfance. Jamais.

Vous allez retrouver vos amis et renouer avec ceux mis à distance pour cause de fâcherie. Si vous avez la chance de sortir d'ici, il vous faudra quitter Paris et, plus sûrement, le minuscule appartement de la rue Dombasle: trop froid l'hiver, trop chaud l'été. Pas une once d'oxygène en suspens, ces derniers jours, dans cette pièce unique de la taille d'une cabine téléphonique située, qui plus est, dans une ruelle en pente. Vous ne vous en plaindrez pas car vous avez la tête ailleurs. Trop de

choses à faire : des articles à écrire, des intui-
tions à forger, le feu de l'amitié avec Gershom
Scholem à entretenir, des thèses à élaborer et
l'adhésion de vos collègues à mendier comme
un chien son collier. Déjà à vingt ans, vous ne
cessiez de tester des échafaudages théoriques
sur vos proches. Malicieux, vous exposiez vos
hypothèses les plus farfelues à des inconnus,
des gens croisés dans la rue et dans les cafés.
Votre œil s'illuminait si le résultat était pro-
bant ; dans le cas contraire vous lissiez votre
moustache fournie, vous grogniez pour la
forme, puis vous vous excusiez poliment
avant de reprendre la route comme si de rien
n'était. Et vous dansiez même sur le chemin
de retour, derviche tourneur vrillant sur lui-
même, tournoyant sous le quart de lune d'un
ciel gorgé d'astres.

Le Berlin de vos années d'enfance était
synonyme de passion et d'effervescence.
C'était hier, Ben, mais vous avez l'impression
comme moi que c'était si loin. On se chahu-
tait sur tous les tons, on croisait le fer avec
l'ennemi du moment. On se donnait aussi
des surnoms affectueux ou coupants comme
le tranchant de votre orgueil.

« Gatito, mon petit chat » te taquinait
Anja !

Dhal.

Vous resterez Gatito pour cette camarade fidèle des cercles marxistes de vos premiers engagements. Vous deviez être leste pour mériter ce surnom de félin. Vous dormiez les uns chez les autres, lisant, fumant et discutant à longueur de nuit. Vous vous nourrissiez de pain noir et de vin italien, vous décidiez quels tableaux seraient accrochés et exposés gratuitement. Vous vous disputiez beaucoup et quand il pleuvait, l'eau se mettait à couler goutte à goutte du plafond avant que l'un d'entre vous ne goudronne le toit pour colmater les trous. Excepté vous Ben, aucun n'a laissé ses empreintes dans les sables du temps. Vous pressentiez de grandes catastrophes, comme si la situation économique et politique empirerait forcément, précipitant l'Europe vers l'Apocalypse. Vous étiez bien différent de tous les jeunes gens que j'ai connus à cette époque. Sous votre défroque de dialecticien, vous consigniez des rapports destinés à nous réveiller, à nous éloigner du monde des illusions, je veux parler de notre monde, ce monde qui a tendance à ignorer les notions de vraisemblance que nous exigeons de la fable.

Ben, savez-vous pourquoi les rêves d'enfants doivent-ils toujours se corrompre dans la bouche des adultes ? Pourquoi perdons-nous le don de l'étonnement et la faculté de nous indigner ? Ben, vous nous avez pourtant offert des bornes, des balises, des amorces de réflexion, de rêverie, de méditation. Nous n'étions qu'une bande de jeunes Berlinois pressés de vivre, et pour cela pas besoin de respecter les conventions de la bourgeoisie, au contraire il nous fallait jurer et cracher dans la rue. Vivre comme ces plantes du désert amenées à se développer en milieu hostile, et partant, à plonger très profondément leurs racines pour se nourrir. Se demander ce qui fait finalement le bon compte dans une vie : la jouissance d'un petit hôtel particulier ou le voyage oriental d'un Flaubert ? La fortune faite dans les bois exotiques au Gabon ou la fièvre poétique dans une chambre de bonne, rue Quincampoix, à noircir des pages tout en caressant des yeux le crâne coincé entre les gros volumes de Dante, de Rabelais et de Cervantès ? Ah, la bohème !

Je sais que vous vous sentiez bien à Paris surtout à cette période de la vie où l'on fraie avec les catins, les apatrides et les migrants qu'on trouve en foules. À Paris Maurice Blanchot a toujours, pour vous, un mot gentil et un café chaud. Vous le rejoigniez parfois dans un petit café rue Mazarine. Vous parliez de Paris et d'architecture. « Ici, l'archi-

Dhal.

tecture n'est pas un décor, soutenez-vous,
c'est un personnage central rivé à son histoire. Elle n'est jamais hors cadre, ni hors
danger, n'échappe point à la portée des
canons. Elle a beau ruser, se fondre dans le
paysage, accueillir et être accueillie par la
Seine, la maîtresse des lieux. Elle se doit de
plus user du dialecte des méandres doux,
employer le patois des quatre saisons, contrer
la furie des pressions atmosphériques, faire le
dos rond aux fraîcheurs de l'aube et souffrir
sous le fouet de l'éclair. » Blanchot acquies-
çait, l'esprit à demi absent.

Vous devez vous le cacher à vous-même,
Ben. Ne faites-vous pas partie de cette bande
perdue, ces Juifs trop germanisés qui ne
pourront jamais se retrouver que dans le
retour aux profondeurs de leur peuple,
le retour à la terre d'Israël en rejoignant les
masses qui affluent pour verdir les déserts de
la Palestine ? Ne restez-vous pas le petit bourgeois allemand – docteur Walter Benjamin,
journaliste occasionnel et professeur sans
chaire – incapable de faire œuvre romanesque
sur sa condition parce que vous êtes vous-
même un personnage de roman ? Une vie
terne sans la nouveauté des sources ni l'aventure des vagues.

Si vous ne savez pas, Ben, qui vous êtes vraiment, vous n'ignorez pas d'où vous venez et qui sont vos parents. Une famille très vieille Europe, le travail et l'instruction d'abord. Pour vous suivre rien de mieux que parcourir votre correspondance. Avouez, Ben, que vous êtes tout entier dans vos missives et vos carnets de voyage. Là affleure votre être intime, celui que vous cachez, gommez, persécutez parfois. L'être de chair sensible à la magie du continent féminin auquel nul homme n'échappe surtout si cette magie est affublée de robes gitanes, si elle se promène pieds nus dans les ruelles, le désir en bandoulière, les zones érogènes subtilement dévoilées. Qui est le maître de la trame et du fil de cette histoire ? Vous chercheriez une explication scientifique, voire sensuelle, de la nature intrinsèque de l'existence. Vous quêterez la faille d'où l'amour prend sa source. Par quels détours et quelles douleurs arrivons-nous, parfois, avec un peu de chance, à cette source ? Que signifie alors la venue au monde, que signifie l'existence dans ce monde et la nécessité de le quitter un jour ou l'autre (taches de suif) ?...

Appel à la prière
adhân

Allahou akbar, Allahou akbar
Achadou an lâ ilâha illa-allâh, Achadou an lâ
ilâha illa-allâh
Achadou ana Mohammadan Rasoullou-lallâh,
Achadou ana Mohammadan Rasoullou-lallâh
Hayyâ'alâ-s-salât, Hayyâ'alâ-s-salât
Hayyâ'alâ-l-falâh, Hayyâ'alâ-l-falâh
Allahou akbar, Allahou akbar
Lâ ilâha illa-Allâh

Dieu est le plus grand, Dieu est le plus grand
J'atteste qu'il n'y a de vraie divinité si ce
n'est Allah,

J'atteste qu'il n'y a de vraie divinité si ce n'est Allah

J'atteste que Mohammad est le Messager d'Allah,

J'atteste que Mohammad est le Messager d'Allah

Venez à la prière, Venez à la prière

Venez à la Félicité, Venez à la Félicité

Dieu est le plus grand, Dieu est le plus grand

Il n'y a de vraie divinité si ce n'est Allah

Il n'y a de vraie divinité si ce n'est Allah

Allahou akbar, Allahou akbar
Achadou an lâ ilâha illa-allâh wa Achadou
ana Mohammadan Rasoullou-lallâh
Hayyâ'alâ-s-salât
Hayyâ'alâ-l-falâh
Qad qa matiss salat
Qad qa matiss salat
Allahou akbar, Allahou akbar
Lâ ilâh illa-allâh

Dieu est le plus grand, Dieu est le plus grand

J'atteste qu'il n'y a de vraie divinité si ce n'est Allah et que Mohammad est le Messager d'Allah

Venez à la prière

Venez à la Félicité

Appel à la prière adhân

L'office de la prière est prêt
L'office de la prière est prêt
Dieu est le plus grand, Dieu est le plus grand
Il n'y a de vraie divinité si ce n'est Allah

II

BAB EL-MANDEB
OU LA PORTE DES LARMES

Bab el-Mandeb – littéralement la « porte des larmes » en arabe – est le détroit séparant la péninsule Arabique et l'Afrique et qui relie la mer Rouge au golfe d'Aden, dans l'océan Indien. C'est à la fois un emplacement stratégique important et l'un des couloirs de navigation les plus fréquentés au monde.

La largeur minimale du détroit est d'environ 30 kilomètres, entre Ras Mannali sur la côte yéménite et Ras Siyyan à Djibouti. L'île de Perim divise le détroit en deux canaux. Le canal oriental, connu sous le nom de *Bab Iskender*, « le canal d'Alexandre », mesure trois kilomètres de large pour une profondeur maximale de trente mètres. Le canal occidental, ou *Dact el Mayun*, est large de vingt-cinq kilomètres et profond de trois cent dix mètres. Un petit archipel connu sous le nom des « Sept Frères » se situe près de la côte africaine.

Passage des larmes

Son nom proviendrait, selon une légende arabe, des pleurs de ceux qui furent noyés par le tremblement de terre qui sépara l'Asie de l'Afrique. Une autre origine lui fait tenir son nom des dangers relatifs à sa navigation.

Les secrets

Carnet n° 3. Vendredi 6 octobre. Jour férié.

Je commence ma journée par un petit déjeuner continental tout en soulignant au Stabilo jaune trois mots : mobilité, discrétion, efficacité. C'est la devise de l'*Adorno Location Scouting*, baptisée ainsi en hommage à un célèbre penseur allemand. C'est aussi la ligne directrice de mon enquête. Je dois reconnaître que je suis beaucoup moins efficace ici qu'à Denver, à Los Angeles ou à Melbourne. La faute de ce pays où je n'arrive pas à cerner ces gens trop fuyants. Trop distants à mon égard parce qu'ils se savent surveillés. La faute au passé qui prend parfois le pas sur ma volonté.

Je n'ai pas l'étoffe de l'enquêteur aguerri. Je suis resté ce garçon timide, farouche, solitaire. Riant rarement, jouant tout aussi rarement, n'arrivant jamais à combler la distance qui le sépare d'autrui. Le cœur plus dur que silex. Je me réfugiais toujours dans la lecture et les études en français puis en anglais. Je me réfugiais aussi dans la rêverie. Grand-père Assod et les siens considéraient les rêves comme des messages envoyés aux hommes par des puissances supérieures – bienfaitrices ou diaboliques. Les rêves permettent de prédire l'avenir proche au même titre que la prévision météorologique de nos Temps modernes. N'est-il pas possible d'utiliser le savoir-faire de mes ancêtres décryptant le monde de la nuit pour avancer dans mon enquête ? Les prémonitions de grand-père Assod pourraient-elles me servir de GPS ?

J'en suis à ce stade de ma réflexion quand ma petite voix me submerge à nouveau. Je revois mon visage d'enfant triste s'escrimant à l'apprentissage de la lecture du Coran. Ce n'était pas facile. Autour de moi, les autres enfants comme Samatar et Soufiane, mes petits cousins ainsi que mon frère, Djamal, appre-

naient à une vitesse exemplaire, les mots jail-
lissant de leur bouche avec une facilité
extraordinaire. Pour moi, émettre un son me
demandait des efforts insurmontables, comme
si ma propre langue était prisonnière d'une
gangue de béton. Mon corps tout entier était
prisonnier dans la nasse de ses émotions. Des
semaines durant je répétais des bouts de sourates entendues dans la cour familiale sans en
comprendre le sens. Frustré, j'abandonnais. La
honte m'envahissait et mon ventre se faisait de
plus en plus lourd comme si ce fardeau assé-
chait mon corps sans larmes. Comme si des
cendres chaudes se déversaient sur ma gorge,
m'empêchant de proférer le moindre son.
Comme si finalement la langue coranique et la
mort étaient des alliés objectifs contre ma petite
personne. Oui, ils étaient de la même espèce ;
ils arboraient le même masque de cire.

À mesure que la langue s'évanouissait en
moi, la mort prenait forme et une immense
douleur infusait ma carcasse. Je restais aux
aguets car je refusais de me laisser surprendre
par le sommeil. On ne sait jamais. Il ne faut
jamais baisser la garde car la mort est la plus
salope des traîtresses. Je veillais tard. Je parlais
avec moi-même pour me donner du courage.
Et je commençais à discerner dans la nuit

épaisse les traits, les angles et les contours de la Faucheuse. Ce devrait être elle ou alors était-ce son fantôme? Je la reconnaîtrais parmi la horde d'errants qui parle si mal le langage des hommes. Dans sa prunelle, les soleils étaient éteints. Nul besoin d'un interprète des songes pour lire l'effroi, la peur panique sur mon visage. Avancer, interroger, apprendre, toujours apprendre. Tout partait de là et de cette série de questions : « D'où viens-je, où suis-je, où vais-je ? » J'apprenais, un œil pointé sur le monde, un œil tourné vers la nuit des entrailles. Avouons-le, c'est à Montréal que je me sens le mieux. Même dans le Paris de mes études, je n'avais pas de corps, je flottais dans un état gazeux que l'hiver n'arrangeait pas alors qu'à huit mille kilomètres de là mon frère et son corps frêle cherchaient aussi le socle qui leur donnerait contour. Il me manquait beaucoup « Petit frère » mais je devais d'abord penser à moi. Je glissais sur les pavés mouillés de Paris, emporté par la foule ou esseulé pour toujours.

Ma mère, je le sais à présent, rêvait d'un autre enfant qui serait meilleur que moi. Un enfant parfait comme la petite sœur morte avant ma naissance. Je n'étais pas en mesure de lutter avec cet idéal. De sa fenêtre elle voyait le sable tournoyer, monter au ciel et retomber en particules de poussière. Elle désirait une fille aux cheveux noirs comme le deuil et aux traits doux qu'on attribue généralement aux chérubins. Ma mère avait d'autres secrets, d'autres rêves dans lesquels je ne figurais pas. Dans ses récits à elle, ma place est vide. Dans l'album familial aussi.

Déjà nourrisson quand je pleurais dans ses bras, elle s'arrangeait pour me passer à quelqu'un d'autre : une parente, une voisine ou la petite bonne – une fillette marquée par la faim, chassée de son campement par la dernière sécheresse. J'avais beau essayer d'attirer son attention ou de quémander une caresse, elle s'en sortait toujours par une esquive ou un jeu de passe-passe. Quand nous étions tout seuls, elle se réfugiait dans le sommeil ou improvisait une prière urgente, une sixième ou une septième qu'elle devait au Suprême et qu'elle Lui rendait sur-le-champ. J'attendais sagement la fin de sa longue prière, allongé à côté de son tapis, les yeux rivés sur le corps élastique de ma mère qui se pliait, dépliait et repliait à chaque unité – chaque *rakaat* – de la prière. Je tournais et retournais dans la bouche les mots que je devais trouver pour récolter l'ombre d'un regard ou l'esquisse d'un sourire. Lointaine, elle récitait ses sourates et se contentait de me regarder dans le blanc des yeux à la fin de sa prière. Elle n'avait pas de gestes ni de mots pour moi. Devant elle, je n'étais plus qu'un rébus, une énigme qui glissait bas, toujours plus bas.

Ra.

Crois-moi si ça te chante. Un jour, face à la mer, j'ai ouvert un livre et toute ma vie en a été changée. J'avais vingt ans et j'avais raté à nouveau le bac, le maudit sésame qui ouvre la porte de l'existence. Le papier s'animait, devenait miroir ou écran. Une voix solennelle vous accueillait dès les premiers mots. Elle vous prenait par la main pour ne plus vous lâcher.

Un jour, j'ai ouvert le Coran et toute ma vie en a été changée. Je sais à présent que ce livre-là ne finit jamais à la dernière phrase. Rien à voir avec les petits récits romanesques qui dépaysent et divertissent pour un temps. En leur compagnie, on arpente les enclos de l'illusion, on suit les méandres de la folie. On s'égare dans Berlin avec l'auteur de ton livre de chevet. On se perd facilement en littérature. Certes, on ressuscite les princesses d'autrefois mais on ignore tout du grand mystère de la vie. Le charme des personnages de papier est aussi factice que ton existence à toi mon faux frère. J'étais un lecteur vorace et compulsif il y a bien longtemps. Depuis, j'ai changé. Certes ma curiosité pour les livres revient depuis que j'ai découvert ce palimpseste mystérieux et la vie malheureuse du vieux Ben. Mais je mets cette sensiblerie passagère sur le compte de mon ancien passé. Je soigne ma cuirasse. Rien ne sera plus comme avant. Comme du temps où j'avais encore l'esprit libre, accueillant les œuvres d'imagination et de réflexion. Aujourd'hui, je suis sur des rails beaucoup plus fiables et plus solides. Je suis dans le sillon de mon Guide spirituel. Je suis son ombre. Je suis la prunelle de ses yeux. Je suis son poignet, son bras armé, je ne lis que le Livre divin…

Le Livre de Ben

… la seule terre sur laquelle Ben, vous pouvez exercer pleinement vos talents, c'est celle de la liberté. Sans liberté, la vie, la lecture

Ra.

et l'écriture sont impossibles. Reste le silence et l'exil, avec son cortège de malheurs et ses instants de bonheur. Paris vous tendait les bras et vous ne pouviez l'ignorer longtemps. C'est la dernière ville européenne, le dernier bastion de la culture jadis conquérante. Hors de Paris votre univers émotif et sensoriel reste morne. Vous vous répétiez en chuchotant : « Je dois poursuivre ma route avec entrain. À moi Paris, deux mots. Le monde entier, dans sa rondeur, s'offrira à moi. Éveiller l'homme au monde, voilà ma tâche dans les mois à venir. Un vieux rêve enfoui refera surface, reprendra vigueur. » Et contre la grisaille de l'hiver berlinois vous avez troqué la vigueur de l'été parisien…

Je voudrais que ma vie tienne tout entière entre les pages du grand livre divin. Mon vœu va se réaliser ou pas. Je suis patient, je saurai attendre mon heure car tout est entre les mains d'Allah le Miséricordieux, le très Persévérant.

Un messager

Carnet n° 3. Samedi 7 octobre. Matin.

Je ne suis plus couvert par mon employeur après ce soir minuit. Mes frais et ma sécurité sont de mon propre ressort. Bien sûr, il n'est pas question de fuir quand les nœuds commencent tout juste à se dénouer. Ma mission est à un tournant. Encore quarante-huit heures et je serai en mesure de boucler cette fichue enquête. Les deux dernières journées n'ont pas été perdues pour tout le monde.

Passage des larmes

L'homme a fait le guet devant le portail de l'hôtel surveillé par trois colosses en uniforme vert bouteille, armés de kalachnikovs – c'est du moins ce qu'il prétend. Il connaît mon identité depuis longtemps. Il s'est déjà fait une certaine idée de l'avancement de mon enquête, me signale-t-il avec un sourire qui se voulait complice. Il m'a suivi depuis mon arrivée sans que je m'en aperçoive. Fardé en citoyen ordinaire, il m'a pisté à sa guise.

En le voyant arriver, son pas de géant entravé par sa djellaba, j'ai pensé qu'il venait me soutirer de l'argent en se faisant passer pour un cousin éloigné du côté de mon arrière-grand-mère. La seconde d'après, son allure sportive et son port de tête noble m'ont ramené à d'autres considérations.

Puis, j'ai pensé qu'il allait me sermonner, me reprocher ma tenue vestimentaire ou je ne sais quel écart. Qu'il s'était donné, lui aussi, pour mission de me ramener sur le chemin tracé par le Prophète Mohammed pour tous les hommes et toutes les femmes sur cette terre. Il arrive que des individus décident qui doit être ramené sur le droit chemin, escomptant ainsi gagner leur place au Paradis. Foutaises. Je ne voulais point plier le genou ni baisser la tête.

180

Un messager

Finalement, il s'est planté devant moi, me jaugeant de la tête aux pieds. Je tremblais légèrement, me demandant si Denise aurait remarqué ma gêne. Une main inconnue a mis cet homme sur mon chemin, me dis-je tout en observant ses traits. N'était sa tenue négligée, on saisit qu'il a l'autorité nécessaire pour se faire obéir au doigt et à l'œil. Pourquoi cet accoutrement ? Cachait-il un secret qu'il ignorait lui-même ?

Quelque chose me disait que la fiche technique de cet homme devait se trouver dans plusieurs officines de renseignement. Si ce n'était pas chez nous, elle serait chez nos concurrents qui travaillent pour les pétromonarchies et la fine fleur des diamantaires. Je ne m'étais pas trompé : mieux, j'ai retrouvé facilement sa fiche signalétique dans notre banque de données. Son parcours est emblématique. Chômeur de longue date, Abchir a été recruté par l'imam de son quartier. L'homme a du caractère, il a fait ses classes dans l'attribution de l'aide humanitaire. Envoyé en 1992 à Mogadiscio alors en pleine guerre civile, il a distribué de la farine, du riz et du lait. Les armes à la main, il a ponctionné sa part avant que les vingt-huit mille mètres cubes de nourriture – lâchés par les soldats américains de l'Unosom – ne tombent dans l'escarcelle des chefs de guerre. Ensuite, il a rejoint l'un de ces *warlords*, franchissant avec succès toutes les étapes de cette profession. Il fut tour à tour petite frappe à la gâchette facile, égorgeur retournant la peau de sa victime comme une outre, preneur d'otage, garde du corps et pirate sur la mer Rouge. Il s'est illustré dans le rôle de chair à bombe envoyée sur tous les terrains. Dès son baptême du feu son instinct de survie lui fit prendre des risques insensés. Qu'il fut solitaire ou meneur de troupe, l'homme s'est toujours montré très efficace. Son visage a conservé la trace fugitive de ces années de disette. Mort, il aurait droit à une prière exceptionnelle. On tresserait des lauriers à l'orphelin d'Ali-Sabieh devenu vaillant soldat d'Al Ittihaad al Islaami ! Il aurait bien mérité les douceurs célestes et les houris du Paradis !

Le jour de son départ pour le djihad, l'imam de son quartier offrit à Abchir un turban blanc et une motte de terre qu'il conserva avec lui. Il fut de tous les combats, arpenta tous les bourbiers de la région. On le signala en Ogaden, dans les faubourgs de Mombasa, dans les maquis du Puntland, dans les djebels du Yémen, à Kandahar et dans les milices du Soudan. Il portait une barbe roussie au henné, un keffieh palestinien et le salwar kamiz pakistanais. Il convoyait de précieux containers (armes, équipements téléphoniques) depuis le terminal de Djibouti jusqu'à la zone où se croisent les trois frontières entre l'Éthiopie, la Somalie et le Kenya. Il guidait et protégeait des émissaires, leur permettant de traverser des régions sans se faire rançonner ni par les troupes régulières qui prélèvent maints droits de péages sur les trafics ni par les chefs de guerre aux multiples allégeances. Il disparut quelques mois avant d'apparaître à nouveau. On le retrouvait sur le plateau de *L'Arsenal de la foi*, l'émission télé de Ibtisam Cheikh Youssouf, l'égérie des artistes repentis qui ont déserté la scène pour la pratique rigoriste de l'Islam. Par la suite, il dirigea la garde rapprochée de Mursal Hadji Yacine, un télécoraniste qui se définit comme un diamant visible par Dieu seul. On perdit de nouveau sa trace. Les rumeurs peu fondées le signalèrent dans l'île de Socotra où se tramaient des choses inavouables. Puis il revint à Djibouti.

En somme, Abchir est un maillon minuscule mais précieux de la machinerie destinée à défendre la *Dar al-Islam*, ou Communauté des croyants, contre les assauts des Croisés. Sur tous les terrains, ce chevalier de la foi fit preuve de grandes qualités d'analyse et d'endurance.

Bien qu'analphabète Abchir a créé des maximes capables de soulever des régiments de combattants, de précipiter dans les escarmouches des adolescents sortis de leur banlieue néerlandaise, britannique ou suédoise pour défendre leurs frères humiliés ou massacrés à Ramallah, au Kosovo comme en Bosnie. À trente-trois ans, c'est un homme très expérimenté qui a su former des combattants par dizaines, animer et dissoudre une cellule militaire en quelques semaines.

Le moment est venu pour lui de prendre une autre direction, de disparaître des écrans. De changer d'identité, de prendre ses distances avec l'Organisation. Même s'il ne l'avouera pas, l'homme doute de la justesse de la cause pour laquelle il a donné ses meilleures années. Lassé par les querelles intestines, il a préféré s'enterrer dans une oasis pour se faire oublier avant de revenir s'installer dans un bourg des environs. Il est venu me voir, précise-t-il, de son propre chef. Il m'a donné quelques précieux renseignements en échange d'un petit magot. À sa place, j'aurais fait la même chose.

Un messager

Il m'a ouvert les yeux sur le parcours de mon propre frère Djamal qui doit se cacher quelque part ou croupir en prison dans le sillage du grand Idéologue.

Du jour au lendemain, Abchir cessera d'exister. Il disparaîtra des écrans. Un autre combattant prendra sa place. Il s'appellera Kassim, Amir, Bourhan-Eddine, Khalif al-Suri, Farouk Alakusoglu ou Hafiz le Bengali. Risques pesés et acceptés. Il sera tout aussi efficace. Et bien sûr, ils ne se connaissent pas.

Zay.

Je suis un moudjahid de la première heure, un résistant au service du Miséricordieux plein de miséricorde! Par Sa grâce, je fus placé sous la haute protection de son Éminence, mon Guide terrestre. Je suis désormais son ombre, sa plume d'oie, ses yeux de lynx. Je suis condamné, comme lui, à la peine capitale. Je suis le lieute-nant de l'organisation terroriste La Nouvelle Voie, disent-ils dans leur jargon administratif. Nous sommes sous le coup de trente chefs d'accusation. Attentats, assassinats ciblés, atteinte à la souveraineté nationale, intelligence avec l'ennemi taliban, appel au soulèvement, trafic d'armes, introduction de la tenue verte et du masque noir des milices islamistes, interdiction du khat, etc. On nous accuse de tous les maux.

J'irai jusqu'au bout avec mon Maître rien que pour défier les autorités ici-bas. Mon sort est lié à celui de mon vénérable Sayid d'autant que notre chef des opérations n'est plus actif sur le terrain. Sans doute qu'il s'est mis en retrait pour laisser passer l'orage. Ces mécréants à la tête de l'État ignorent que seul le Souverain a le droit de vie et de mort sur nous autres esclaves. Et nous sommes nombreux, tant dans les prisons qu'à l'extérieur. Très nombreux. Les frères et les sœurs moudjahidins, fils et filles des douze cités jadis bénies, sont tous là, à nos côtés, prêts à donner ce qu'ils ont de plus cher. Prêts à revêtir le turban immaculé des martyrs ou plus exactement des chahids. Prêts à accueillir leurs frères et camarades d'armes venus des quatre coins du monde. Prêts à enregistrer par vidéo leur ultime testament avant de précipiter ce pays dans le feu purificateur.

Toi, écoute un peu ces témoignages que la presse gouvernementale a censurés. Ça s'est passé tout près d'ici, quelques heures après le dernier attentat. Oui, tu peux les transcrire et les envoyer aux agences de presse et à tes commanditaires.

Zay.

« As Salem Aleikoum ! Ah ! Mais c'est toi Fazul le Comorien ! Ils te cherchent partout, disent-ils. Ta tête est mise à prix par les Américains et leurs laquais. Ta photo est placardée partout. Ah ! Les misérables ! Ignorent-ils que seul Allah le Secourable a le pouvoir de t'appeler auprès de Son magistère ? »

« Ahlan ! Mon nom est Abdousamad Darwish. Je n'ai plus de nationalité. Je suis un combattant musulman, c'est tout. Hier encore, les Croisés et les fils de Judée ont détalé devant nos missiles. »

« Et toi Ahmet Hamza, enfant d'Asmara, on dit que tu es un partisan de la première heure ! Wa Allahou Alem ! Ta réputation a franchi les frontières de l'Érythrée. Entre mon frère, prends ce coussin. »

« J'étais le lieutenant de Djokar le Tchétchène. J'ai pris la tête des frères qui ont mis en déroute l'armée abyssine à la solde de Washington. Nous les avons chassés de Mogadiscio et de Baidhabo avec le concours du Vertueux. L'Ogaden sera bientôt libre. Allahou Akbar ! »

« Paix aux martyrs ! Et que leurs actions exemplaires soulèvent d'autres frères ! »

« Radieux, ils ont rejoint le Paradis ! »

« Amin. »

Il n'y a pas qu'un seul type de résistant, comme le martèle la presse gouvernementale. N'oublie pas, ô serpent des sables !, que nous savons tout parce qu'on nous rapporte tout jusqu'ici. La résistance a mille visages comme la nuit aux mille et une étoiles. Si sa naissance fut spontanée, la victoire fut longue à se dessiner. Certes il y eut au début de l'improvisation, voire de la désunion au sein de nos combattants. Le feu couvait dans nos rangs et il nous a fallu trois bonnes années pour purger de nos effectifs les éléments douteux, les eunuques, les faibles et les judas. Allah le Vengeur ne pouvait pas nous abandonner dans ce piteux état, coincés que nous étions entre la pierraille du désert et les canons de nos ennemis.

Un homme s'est levé, appelé par le destin et il a dit les mots essentiels. Il a pris la tête d'un petit groupe presque décimé par les balles des prévaricateurs. Il a rassemblé autour de lui une poignée d'hommes. Il a noué des pactes avec d'autres groupes au bord du découragement. Il a resserré nos lignes, retissé des liens, instauré des règles d'hygiène et des mots d'ordre clairs. Courageux, c'est le sabre à la main qu'il a connu ses premières victoires. Il a ensuite multiplié les embuscades, les escarmouches et les sabotages. Il a lancé des attaques frontales en plein jour. Avec ces Moudjahidins d'un type nouveau, les prévaricateurs ne savaient plus quelle stratégie adopter. Inspirés par Satan, ils ont choisi la pire des tactiques. À grands renforts d'argent, ils ont loué des soldats impies et signé des pactes avec des puissances étrangères qui ne sont que le bras armé du Vatican et d'Israël. Peureux, ils ont montré à la Communauté des croyants leur vrai visage. Ce fut un tournant. Nous avons enregistré des nouvelles recrues, et pas seulement des jeunes gens désorientés comme on l'a dit souvent. Mais également des bataillons d'hommes d'âge mur revenus à la raison, des pères de famille encouragés par leur imam et même quelques vieillards bien en jambe. Tous avaient conscience qu'une nouvelle ère s'ouvrait et qu'ils voulaient en être les acteurs. Ils voulaient quitter la *Jahiliya* pour le temps d'avant, dans le sillon de notre Odorant Prophète Mohammed, que son nom soit éternellement loué, et de ses Compagnons.

Le Livre de Ben

... le petit chemin aux oliviers, serait-ce bien là votre dernière demeure ? En tout cas, c'est ce que j'aurais choisi pour mon repos éternel si j'étais, comme vous, pourchassé par la Gestapo. Pendant les années d'exil, il se serait bien trouvé d'autres demeures, d'autres lieux de retraite pour vous, Ben. En cherchant, je vous verrais tout aussi bien enfoui dans un village andalou, écrasé de soleil ; dans le lit d'une rivière asséchée en Arizona ; dans un hameau, au cœur de la Guadeloupe, hanté par les dieux africains. Chaque fois que je vous retrouve en rêve, à présent que vous avez quitté par bonheur ce camp de rétention, mon cœur cingle vers ce petit chemin aux oliviers. Je n'y peux rien, c'est plus fort que moi. Une fois couché sur la terre des hommes, vous apprécierez, comme moi, les orages et les torrents qui ont aplani le lit de l'oued jusqu'en face de mon bagne africain. Pour moi, c'est évident : c'est ici que je crèverai. La terre rocailleuse m'accueillera. J'aurai un petit trou de verdure à ma mesure au milieu de cet océan de pierres. Les jours et les nuits continueront leur course. On dit qu'en naissant l'esprit fait connaissance avec son enveloppe. En mourant, il fait corps avec la terre...

Révolte au désert

Carnet n° 3. Samedi 7 octobre. Midi.

Abchir, Djamal, Abdelaziz al-Afghani ou Mohammed ibn Albani, qu'importe le nom. Il faut se rendre à l'évidence, c'est toujours le même pion à l'œuvre, téléguidé par des groupes sans visage un peu à l'image des multinationales occultes. Mais d'où part le feu ? À qui profite l'incendie ? Voilà des questions légitimes qui dépassent cependant le cadre de mon enquête.

Des liens souterrains et très anciens courent d'un coin à un autre de la planète. C'est à nous, petits soldats du renseignement, de relier les fils

épars et d'en donner à voir la grande trame.
L'incrédule ne perçoit, lui, que la surface des
choses. Apeuré ou indigné, il va de surprise en
surprise. J'ai appris, avec stupeur, qu'une insur-
rection s'est produite au cœur du dispositif
international, à Dubai. Était-ce une action pla-
nifiée ou un coup de sang spontané? On le
saura bientôt. En attendant, une question
revient sur toutes les lèvres : qui sont-ils ces
hommes qui se soulèvent, puis s'échappent de
ce camp du bout du monde? Ces hommes qui
emmènent avec eux un prisonnier auquel ils
fournissent des poignées de riz à l'huile, pour
l'engraisser et pouvoir, le jour venu, prélever
sur lui leur part de chair afin d'échapper à la
mort qui rôde. Qui sont-ils? Les parias du
golfe Persique – c'est ainsi qu'on les désigne
dans la presse à la suite d'un reportage incisif
paru dans le *Newsweek* – sont la face obscure
du capitalisme rutilant. Des millions d'êtres,
venus d'Inde, du Bangladesh, du Sri Lanka, de
la Corne de l'Afrique ou des Philippines,
construisent avec toute la force de leur sueur les
tours futuristes qui font de Riyad, de Bahreïn
ou de Dubai l'avant-garde du monde kitsch.
Ces hommes plongés dans l'éternel hiver de
l'esclavage moderne se sont révoltés, il y a
quelques jours, contre les conditions de travail

que leur imposait leur chef de chantier. Ils l'ont tué : ils ne risquent plus la déportation mais la mort. Ils ont dû prendre la fuite. Bientôt ils rejoindront d'autres hommes rassemblés dans le désert. Galvanisés, fouettés par les prêches, habillés de blanc, ils se lanceront à l'assaut des tours verticales, des palais de glace et des îles artificielles qui ressassent en pure perte l'âge d'or de l'Andalousie disparue.

Il ne s'agit plus de rumeurs. Nos services confirment que ces hommes aux longues tuniques blanches sont déjà là. Ils sont opérationnels, du moins pour la plupart d'entre eux. Ce n'est pas la quantité qui compte dans ce genre de décision. Ils sont ici parce qu'à Dubai, à Tanger ou à Djibouti, l'enjeu est le même : découper le cœur de ce monde corrompu, ruiner ses fondements, les jeter aux flammes et hâter l'avènement d'un monde plus sain, plus sobre, tout entier soumis au Livre suprême. Ce monde recherché n'est pas une illusion, une utopie sans lendemain, répètent-ils. C'est un monde qui a existé et qui consacrait toute son énergie à adorer Allah et Lui seul ! Par la volonté d'Allah – Louanges au Très-Haut, claironnent les fax envoyés à diverses rédactions –, il reviendra ce monde béni. Ces hommes n'attendent que le signal. D'où l'urgence de mon enquête aussi. Bien sûr je ne pourrais pas à moi seul arrêter cette machination. Je ne suis qu'un petit pion dans une affaire aux ramifications mondiales qui relient des zones de pauvreté et des oasis d'abondance, des croyants authentiques et des criminels patentés. Elle part de la Corne, bifurque au cœur de l'Afrique, repasse par les routes maritimes, les banques occidentales, les officines nord-américaines, s'abreuve dans l'Oural et les pétromonarchies du Golfe avant de finir sa course dans divers paradis fiscaux.

J'ai bien fait de ne pas me décourager. Mon premier informateur m'a mis sur la piste de la mystérieuse Française. Le témoignage d'Abchir m'a signalé l'ancienneté du projet de déstabilisation. Je dois composer avec la psychologie locale marquée par la peur et la rumeur. On les cultive de part et d'autre de la mer Rouge, comme certains cultivent l'igname ou le pavot. Pour la première fois depuis mon arrivée, j'ai quelque motif d'être content de moi.

Well done, Djib! Bravo, m'encourageai-je!

Sin.

Ô Charlatan de mes insomnies, écoute la suite.

Nous avons formé une jeunesse jamais entendue auparavant dans cette région, des auditeurs de qualité et des lecteurs purs de toute contamination parentale ou, pire, étrangère. Sincères, ils vont à la racine des mots et se battent pour conquérir l'espace que la Lettre sacrée a perdu dans les ténèbres des régimes corrompus, d'Alger à Djakarta, qui pratiquent le mensonge et l'hypocrisie.

Nous avons commencé à faire la chasse aux imprimés, aux livres de fiction destinés à éroder notre mémoire, aux récits qui tournent en dérision les fondements de nos traditions. Ne souris pas, mon ami, nous savons que ces ouvrages, ces journaux, ces livres de poésie ne sont pas venus, de leur propre gré, jusque chez nous. Ils sont les agents de la contamination, les petits soldats de plomb de l'ordre impie. Je n'oublie pas que notre ennemi n'a pas désarmé pour autant. L'Occident chrétien et ses manœuvriers juifs ne reculeront devant aucun obstacle. Ils ont réussi à nous soumettre parce qu'ils ont réussi d'abord à nous diviser en différents groupes, tribus et clans. Mieux, ils ont trouvé des traîtres dans nos rangs. Mais nous avons déjà commencé à déjouer leur plan diabolique.

Désormais, notre salut est notre foi. Et notre foi fait notre force. Nous n'avons rien à faire avec ces gens que le rire et la malice stimulent. Nous devons nous habituer à leur non-existence même s'ils sont encore de ce monde. Nos enfants ne leur laisseront pas un filet d'air respirable si nous continuons, avec l'aide du Désirable, dans notre lancée. Notre victoire sera complète, ce n'est plus qu'une question de mois. Tu peux l'écrire noir sur blanc et l'annoncer au monde entier ! Nous prendrons goût au lait et à la myrrhe du Paradis.

Nos ennemis, pris de panique, se dispersent déjà aux quatre coins du globe. On nous a signalé que les sultans d'Assab et d'Obock se sont réfugiés dans des chancelleries étrangères. D'autres plus fortunés ont trouvé, dans les capitales occidentales, un réduit proportionnel à leur honneur. La Voie Nouvelle, nous l'avons promise. La Voie Nouvelle, nous la réaliserons, avec le concours de l'Immanent.

Tenez-vous prêt, soldats d'Allah ! Aiguisez votre regard, écoutez aux portes, surprenez ce qui s'échange dans l'intimité des chambres. Les premiers signaux colportés par la foule combattante vous parviendront aisément. Pour le reste, il faut s'armer de patience comme l'exige notre Saint Prophète. Nous réussirons à dissoudre nos ennemis comme le sel la glace.

Puis-je te faire une confession, murmure mon vénérable Maître en se tournant vers moi ? Jure devant le Miséricordieux plein de miséricorde que tu la garderas, pour l'instant, dans le coffre-fort de ton cœur.

Décidément, sa confiance a des limites qui me blessent.

Lui poursuit sa diatribe. Les préceptes de notre programme ont été couchés, susurre-t-il, sur un papier de soie, rassemblés dans un luxueux volume avec des enluminures à la gloire de la radiance divine. Ce livre, tu l'auras entre tes mains dans un avenir proche pour le montrer aux autres frères, s'il plaît à Dieu ! Je t'ai dit tout ce que j'avais à dire. L'heure du djihad a sonné. Dis à nos combattants de l'extérieur de se lever. Donne le signal. Dis-leur ceci : « Partez, sabre au vent. Vous êtes des pionniers, vaillants et précieux. Nous chasserons les infidèles et les laquais. Nos rangs s'élargissent sans cesse, des renforts viennent de très loin. Du plus profond de la forêt équatoriale, du Rwanda, du Congo, d'Angola, des gens ordinaires se convertissent en masse et se mettent sur les traces des Salafs, nos pieux prédécesseurs – que Dieu les bénisse ! Rien ne résiste à notre parole d'éveil. Nous bâtirons, avec l'aide du Juste, un État islamique unifié dans toute la Corne de l'Afrique. Ce n'est plus qu'une question de temps... »

Et voilà que ma plume bute sur l'autre graphie. Est-ce l'effet du hasard ? Je n'en sais rien...

Le Livre de Ben

... vous n'aimez rien moins que de recoller les morceaux en racontant des histoires, Ben. En empilant les histoires les unes sur les autres comme dans les palimpsestes des temps médiévaux. Mais vos histoires s'accommodent mal de la tentation de l'ordre et du classement. Vous laisserez des traces dans la mémoire des gens. Peut-être un jour ressuscitera-t-on, par chance ou par miracle, le récit de votre vie ? Peut-être qu'un témoin, lointain comme moi, couchera sur le papier les misères de votre existence. Il s'agira alors de conter des bribes de votre vie. Vous, Walter Benjamin, fuyant l'ordre germanique du IIIe Reich, quittant Paris contre votre gré. Ainsi, je vous appelle Ben depuis toujours sans trop savoir pourquoi. Longtemps je me suis demandé qui avait eu l'idée saugrenue d'affubler un bourgeois juif très assimilé d'un prénom aussi ridicule que Walter ? Je continuerai de vous appeler Ben par commodité. Je déroulerai encore le fil de votre vie messianique au cours des jours prochains s'il me reste encore du papier. J'ai eu la fantaisie d'agrémenter le tout de petits dessins, de gribouillis et de taches d'encre. Tout le monde sait que vous collectionniez les livres anciens, les ouvrages précieux, les incunables enluminés ou non. J'essaie d'enluminer à ma manière et avec mes moyens mon petit carnet.

Enfin conversant de la sorte avec vous, je cherche aussi à poser sur des rails ma propre histoire qui s'achève dans ce bagne du bout du monde. Avec ces retours dans le passé, j'émerge d'un interminable sommeil dont je ne parviens pas totalement à me libérer. Il faut que je me presse car personne ne sait où et quand les abîmes m'avaleront, ni où et quand ils me recracheront. Peut-être au cœur de ce bagne qui s'écroule avec le temps. Un bagne tout en pierres basaltiques et en clôture de bambous. Tout ici est de pierre. Les gens du coin ont la science de la pierre chevillée au corps. Les pierres emmagasinent la chaleur et possèdent des dons secrets de guérison. Galets polis pour soulager les rhumatismes, grains de sable pour les maux d'intestin. Argile pour les femmes enceintes et pour les soins de peau. Petits cailloux minutieusement alignés : barrage contre le mauvais sort. Galettes synonymes de mémoire retrouvée. Roc protecteur de la foudre. Flocons pierreux, remède miraculeux chéri par les asthmatiques. Formations rocheuses célébrant les dieux. Monolithes, stèles et tombeaux pour s'ouvrir le chemin de l'éternité. Tout est pierre ici. Ah, je ne dois pas oublier le présent. Le présent se limite pour l'instant à mon élevage de lièvres. Élevage est un bien grand mot pour des bestioles qui vont et viennent à leur guise. Elles se frottent contre le mur de mon cachot qui menace de s'écrouler. Dans ce monde en ruine, pétri de ténèbres, ces animaux sont

Sin.

mon aiguillon, mon horizon. Les lièvres sont des animaux de patience, je fais tout pour les imiter…

Étrange ce narrateur enfermé dans un cachot, lui aussi, et dont le sort semble en tout point similaire au mien, proche d'une mort certaine. Pourtant tout nous oppose et je ne le plains pas.

L'œuf de l'expérience

Carnet n° 4. Samedi 7 octobre. 15 heures.

Je n'ai eu aucune difficulté à faire parler la Française. Elle était ouverte à mes questions. On dit que la vérité éclate progressivement comme les bulles d'oxygène remontant lentement depuis le vase de la conscience. Je me suis approché d'elle et j'ai senti tout de suite ses premières ondes chaleureuses. L'iris de ses yeux est d'un marron très clair qui virait couleur noisette en fonction de la lumière. Un reste de rouge traînait sur ses lèvres. Elle hochait la tête, réfléchissant longuement, prenant son temps comme si mes mots lui parvenaient par un canal autre que l'oreille. Puis, elle répondait en prenant son temps encore. Son histoire n'est pas exceptionnelle, précisait-elle. Mais cette apparente modestie cachait quelque chose d'autre qui n'est pas de l'ordre du secret mais du conditionnement. Elle avait hâte de se confier. Je n'ai plus qu'à transcrire son témoignage dans mon quatrième carnet tout neuf. Nous étions dans cette cour, louée pour l'occasion par mes délateurs, à l'ombre des lauriers-roses.

Mon petit doigt m'avait dit qu'il fallait laisser parler la Française convertie à l'Islam. Je l'ai écoutée dévider le récit tortueux de sa vie tant à Paris qu'à Djibouti et dans la région de Tadjourah. Sans trop se forcer elle m'a donné le nom de son sauveur, l'homme qui l'a invitée à prendre un billet d'avion pour la Corne de l'Afrique, l'a accueillie et l'a assistée dans son parcours de novice.

Depuis qu'il lui a fait jurer sur le saint Coran, elle était une tout autre personne, me confie-t-elle dans un sourire timide.

Qui est-il ce mystérieux homme qui a fait fondre le cœur de cette femme ? Pourquoi le hasard l'a-t-il mise sur mon chemin ? Je devrais me contenter de ce résultat. Les délateurs, largement rémunérés par nos soins, ont fait leur travail. Ils ont dénoncé la Française. Celle-ci, à son tour, m'indique du doigt cet homme qui lui aurait sauvé la peau. Quelque chose me dérange pourtant. Pourquoi tant de précipitation ? Je ne dois pas me réjouir trop vite. Mais j'avoue que j'ai trouvé intéressant le cas de ces femmes étrangères, embrigadées par des groupes criminels, parce qu'elles se montrent plus butées que les hommes, qu'elles peuvent aller très loin dans le sacrifice et le don de soi. C'est du moins ce que nous répétait notre psychologue de l'*Adorno Location Scouting*.

Shin.

Alors le crabe, on s'approche du but. Aurais-tu le courage d'arriver jusqu'ici, de partager notre sort pour quelques minutes seulement, et goûter les plaisirs du cachot ? Ah non, j'oubliais que la générosité n'est pas ta principale qualité. Et tu te fais appeler Djib, paraît-il. Le comble du ridicule ! Aurais-tu honte à ce point de ton véritable prénom ? Djibril. En hommage à l'ange Djibril, l'Envoyé de Dieu. On ne sort pas vivant d'un tel affront.

Comment savons-nous tout ce que nous savons sur toi, nous qui sommes prisonniers à la périphérie du monde ? Ne te creuse pas trop la tête. Tu n'en as plus pour très longtemps. Sache tout d'abord que la notion de périphérie est illusoire dans ce monde totalement connecté et dépendant de la parole de Dieu. C'est une grave illusion, la périphérie. Où qu'on se tienne, si loin qu'on s'écarte, c'est là où on se trouve qu'est le centre du monde.

Nous savons tout de toi et nous agissons depuis ce pénitencier transformé en forteresse. Si l'envie me prenait, je viendrais à ta rencontre pour mettre les choses au clair. Dire que je fus ton frère par le passé. Que j'ai partagé le même foyer que toi pendant dix-sept bonnes années. Que, toi et moi, nous sommes sortis du même ventre à vingt minutes d'intervalle me sidère encore tant nous sommes différents. Je remercie les cieux que nos routes se soient séparées assez tôt. Tu n'es qu'un bouchon emporté par un fleuve, une brindille égarée à la surface des choses. Tu ne sais même pas où tu mets les pieds. Et tu crois que tes appareils photo, ton boulot de mercenaire et de petit pirate informatique t'ouvriront les voies du succès. Tu te trompes lourdement, mon frère !

Dans une autre vie, j'aurais rêvé d'écrire des poèmes patriotiques et des récits journalistiques sur la politique courante dans la Corne de l'Afrique pour t'ouvrir les yeux. Il n'en est rien aujourd'hui. Heureusement, la Providence en a décidé autrement et pendant cinq longues années j'ai parfait mon éducation théologique tout en me gardant de donner signe de vie, en me gardant d'écrire autre chose que les sermons de mon vénérable Maître. À vrai dire, je n'avais jamais pu trouver un travail dans ce fichu pays. Rien pour joindre les deux bouts. Rien qui puisse me donner l'illusion de l'indépendance économique. Au lycée d'où je me suis fait éjecter pour insubordination en classe de seconde, le proviseur se comportait en petit chefaillon sans foi ni loi et attirait dans son lit des gamines de quinze ans mais tu as dû refouler cet épisode tant tu étais concentré sur tes chères études. J'ai travaillé seul et je me suis présenté en candidat libre aux examens du baccalauréat, par deux fois sans succès. Je n'ai pas eu droit à un petit mot d'encouragement de ta part, du moins je n'en ai pas souvenir.

Tu es parti sans un mot pour personne. Ni pour nos parents affaiblis par la maladie qui les emporta deux ans plus tard. Ni pour moi. Enragé, j'ai enchaîné les maraudages, j'étais désespéré, mais Allah le Désintéressé a en stock des réserves inépuisables pour nous consoler, soulager nos douleurs et nos frustrations. J'ai gagné le respect de mon entourage et ma *zebiba*,

la tache noire sur le front, à coup de génu-
flexions, à force de prier l'Omniprésent. Je suis
monté en grade pour devenir le scribe de mon
vénérable Maître. J'en connais beaucoup qui
n'espèrent plus rien de ce monde. De là à faire
sauter les verrous de celui-ci, il n'y a qu'un pas,
très facile à franchir en ces temps de disette
d'espérance.

Ô mécréant de mes cauchemars d'enfance !
j'ai le plaisir de t'annoncer que le jeune homme
qui doit t'égorger comme un agneau est déjà
prêt. Il n'attend qu'un signe de mon vénérable
et pieux Maître. Un petit geste de la main et
notre martyr accomplira sa tâche au péril de
sa vie si nécessaire. Je ne ferai rien pour arrêter
la machine, bien au contraire. En partant il y a
quinze ans, en laissant ta famille, qui plus est
dans le besoin, sans regret ni remords, tu avais
paraphé toi-même ce décret funeste. Quand tu
ne seras plus de ce monde, je serai soulagé, je
n'aurai plus à chercher ton ombre à mes côtés
comme je le fais parfois encore dans mes
moments de faiblesse ou dans mes cauchemars.

Sache que le jeune homme qui doit t'égorger
est dans une excellente disposition. Il vient de
se marier lors de ces mariages collectifs que les
deux ou trois hommes les plus riches du pays

Shin.

ont organisé dans le grand hôtel Sheraton où tu résides justement. Une trentaine de couples se sont vu offrir gratuitement une cérémonie avec bénédiction, prière, musique, deux parts de gâteau et deux alliances plaqué or. Inutile de dire que nous condamnons ces mariages faussement charitables. Tout le monde sait que c'est un subterfuge pour se donner bonne conscience. Une manière adroite de se prémunir contre la colère des enragés. Mais nous ne pouvions pas refuser ces moments de réjouissance à notre vaillant martyr. Il se tient prêt pour honorer sa mission. Il a déjà enregistré son testament sur DVD, accompagné des sourates et des versets en l'honneur de ces élus que sont nos martyrs Al-Shabab Almoudjahiddin...

Le Livre de Ben

... Ben, vous avez dormi cette nuit-là dans une clairière. Fort mal, du reste. Vous vous êtes échappé par bonheur du camp de rétention où nous avions vécu ensemble pendant trois semaines. Il y avait là beaucoup de Juifs étrangers, des dissidents allemands, des résistants communistes et même quelques tsiganes. Au premier coup d'œil, on avait pitié de vous. Vous étiez au bout du rouleau. Mais un miracle s'est produit. En quelques semaines, vous repreniez du poil de la bête. Mais vous restiez taciturne. Était-ce à Marseille que vous avez quitté votre ami francfortois, Siegfried Kracauer bégayant encore plus que d'ordinaire, pressentant la meute nazie à vos trousses ? Ce devait être fin mars, début avril 40. Et un peu plus tard, à Lourdes, vous avez définitivement perdu la trace de votre sœur Dora. La faute à qui ? Vous aviez rêvassé longuement à Paris dans les petites chambres de bonne, dans les cafés bruyants et dans l'antre de la Bibliothèque nationale, rue de Richelieu. Il n'y avait plus une minute à perdre. Vous voilà obligé de partir. Vous aviez raison de ne pas regarder dans le rétroviseur, ça ne sert à rien de remuer la douleur, il faut avancer. Tenter le Diable…

Oui, il faut avancer. Ça n'est pas facile quand on a les pieds entravés dans des boulets en compagnie d'un vieillard impotent et onctueux. Djib, lui aussi, n'aura plus l'occasion d'avancer. Et je n'aurai ni le cœur ni l'opportunité de le revoir. C'est mieux ainsi.

Le parfum de la mère

Carnet n° 4. Dimanche 8 octobre. Aube.

Aujourd'hui, ce sera ma dernière journée d'enquête si tout va bien. J'ai gigoté dans mes draps toute la nuit. À présent que je dois partir je ressens un fort malaise. Une douleur dans le bas-ventre, une étreinte animale. Serait-ce un dernier signal de mes ancêtres ? Du plus important d'entre eux, grand-père Assod ? Il est mort, j'avais huit ans. Sans ménagement, je fus propulsé dans le monde des adultes. J'ai coupé aussitôt le cordon ombilical qui me reliait à « Petit frère ». J'étais devenu solitaire.

Contemplatif. Seul David a pu me consoler
avec ses mots à lui.

« Je vais te dire quelque chose. Tu ne dois en
parler à personne. Pas même à tes parents.
À personne, d'accord ? Ton grand-père n'est pas
mort. Il a rejoint là-haut mes grands-parents. Ils
nous accompagneront partout si tu penses fort
à eux. Voilà, tu ne dois en parler à personne.
À personne. C'est notre secret, compris ? »

David m'avait remis les idées en place. Jamais
je n'ai douté de la présence de mon grand-père
à mes côtés. J'ai retrouvé le sourire. Nous
conspirions, à nouveau, à l'insu du monde.
Nous courions partout, nos deux mains liées
comme savent le faire les amoureux qu'on voit
dans les films.
Je sais que les souvenirs changent la réalité
de laquelle ils découlent mais je ne crois pas
me tromper en imaginant que David et grand-
père Assod formaient une seule et même personne. Ou plus exactement que la voix cristal-
line de David recouvrait progressivement la
voix caverneuse de mon grand-père. Leur legs
est mon bien le plus précieux que je ne céderais
pour rien au monde. Leurs visages, leurs odeurs
et les mots resteront dans ma mémoire même

quand le grand âge sonnera, pour moi, le toc-sin.

Au fond de moi, je sens que je ne vais pas partir comme un petit voleur, que je ne vais pas m'en tirer aussi facilement. La patrie, la famille, le passé ; ça colle comme du mastic et ça ne vous lâche pas d'une semelle. Je sais que je ne vais pas me sortir de ce guêpier aussi preste-ment. Quelque chose d'imprévu doit arriver mais quoi ?

Après la mort de mon grand-père, j'ai dû affronter la disparition de David. Je n'ai pas compris enfant la trahison de mon meilleur ami qui m'était à l'époque plus cher que mon frère. Ce n'est que tout récemment que j'ai réussi à lever un coin du voile. En me plongeant dans les livres et les rapports secrets, j'ai découvert l'histoire de sa communauté dans notre pays, les raisons de leur présence ici.

Août 1949, sur l'autre rive de la mer Rouge, trente-cinq mille Juifs yéménites sont entassés dans un camp prévu pour trois mille. Les der-niers Juifs désertent le Yémen et la péninsule Arabique après deux mille ans de cohabita-tion avec les Musulmans. Direction : Israël. La presse de l'époque affirme qu'ils sont sous le coup d'un décret coranique, que la péninsule ne doit plus être entachée par leur présence. La rumeur enfle et les esprits s'échauffent. À Djibouti, la minuscule communauté israélite, d'origine également yéménite, emboîte le pas à ses frères, bradant ses maigres biens, vendant à vil prix ses petites boutiques obscures au profit des gros commerçants arabes de la place qui s'enrichirent à la suite de cet exode.

Mon ami David était issu, je ne l'ai appris qu'avant-hier, de cette minuscule communauté, forte de deux cents membres, désormais éteinte. David est la version francisée du prénom de son grand-père Dawoud Yosef enterré à Jérusalem. Nom : David. Prénom : Ilan. Né le 27 mai 1971 à Djibouti. De Françoise David, coiffeuse, domiciliée au 42 *bis* rue de Rome. La mère de mon meilleur ami est née en Israël mais elle rejoignit la France pour les beaux yeux d'un Français, puis Djibouti, incapable sans doute de résister comme moi à l'appel du pays, à la terre des ancêtres. David est né ici. La copie carbone du certificat d'acte de naissance que j'ai déniché à la mairie ne mentionne pas l'identité du père, mais il a dû se manifester un jour et envoyer à mon ami un billet d'avion pour Paris. En quittant Djibouti en 1979, je suis sûr qu'il ignorait lui-même tout de l'histoire des

Juifs yéménites dans le pays de son enfance. Comment ses ancêtres étaient arrivés chez nous, pourquoi ils sont partis comme un seul homme ou encore pourquoi leur synagogue a été incendiée après leur départ. Je me demande, quant à moi, pourquoi nous appelions notre ami d'enfance par son patronyme et non par son prénom. Mystère.

La brume du passé a recouvert les paysages de mon enfance. La vie a fait le reste. David est parti. Je n'ai plus revu mon frère depuis mes dix-huit ans. Je suppose qu'il recherchait, lui aussi, depuis sa tendre enfance, un regard, une attention qui lui donnerait le sentiment d'exister. Je le suppose mais en vérité je n'en sais rien. Je n'avais pas de ses nouvelles. Je suppute, je reconstruis sa trajectoire avec les bribes d'information qui j'ai pu récolter après coup. À dix-neuf ou vingt ans, mon frère a fait communauté avec d'autres hommes fascinés par le parcours des fanatiques égyptiens. Ces derniers avaient trouvé refuge dans des grottes en Haute-Égypte. Un mouvement religieux né là, semble-t-il, avant d'essaimer dans le monde. Fondé en 1971 par Moustapha al-Choukri, un agronome égyptien aguerri dans les geôles du pays. Son nom est « Anathème et Exil », ou Takfir wal Hijra. Sa doctrine : rupture totale avec la société musulmane qualifiée de «mécréante». Son but : retrouver la pureté des premiers musulmans par tous les moyens. Le mouvement ne cessera de prospérer sur les décombres de la société égyptienne et son mentor de hâter le jour de la résurrection des morts. Mon frère a connu d'autres maîtres qui vénéraient le parcours exemplaire de Moustapha al-Choukri. Il a frayé avec des groupes comme celui du fameux Ramadan al-Turki qui opérait dans le sud de la Somalie et dans la communauté musulmane du Kenya mais aucun ne fut plus violent et aussi radical que Takfir wal Hijra. Mon frère a changé plusieurs fois de guide, de turban et de front. J'ai pu suivre quelque peu ses pérégrinations en recoupant les notes des services de renseignement et les forums théologiques qui ont envahi tôt le réseau Internet. Avec ses compagnons de la première heure, ils propagent leur enseignement, révélant et divulguant la geste, à leurs yeux, longtemps cachée par la suite, des premiers croyants. C'est ainsi que mon frère a suivi d'autres groupes encore dont j'ignore tout pour revenir, il y a deux ou trois ans, dans le pays qui l'avait vu naître et qui n'a pas pu le garder auprès de lui.

Sad.

Quand tu croiseras notre vaillant martyr, je
ne voudrais pas être à ta place. Il paraît qu'au
début on a peur de mourir, et puis passé un
certain stade, on a peur de ne pas pouvoir mourir sur-le-champ. Peur de l'agonie. C'est ce que
professe mon vénérable Maître qui s'y connaît
en la matière pour avoir formé une légion de
martyrs. Derrière les barreaux depuis des décennies, il n'est plus aussi actif que du temps où il
courait les djebels, les maquis et les grottes à la
façon du valeureux émir Ibn Saoud mais il n'a
pas tout oublié non plus. Depuis qu'une gre-
nade lui a soufflé la vue, il voit le monde à
travers un film couleur sang. Serein, il a refusé
la liberté offerte par les autorités qui n'ont

jamais rompu les contacts avec notre QG installé à Doha. Par deux fois, il a rejeté leurs offres présentées à l'occasion de l'Aïd el Fitr. « Tuez-moi si cela vous chante », a-t-il déclaré, ajoutant aussitôt que Seul Allah a tout pouvoir, ce qui n'est pas le cas de votre petit tyran !

J'avoue que tout cela me fatigue. Je dois le reconnaître, je ne suis plus aussi motivé qu'auparavant. Mon Maître est onctueux, manipulateur à souhait. Je me demande si je ne déteste pas ce vieil homme au plus profond de moi, si je ne regrette pas ma liberté de mouvement. J'étais jeune, pauvre, enragé et frustré mais j'étais libre au moins. Libre d'aller et venir, libre de fumer une cigarette ou de mâcher du khat avec les amis du quartier. Libre d'apostropher les jeunes filles dans la rue ou de leur faire de l'œil. Certes, je n'avais pas un sou vaillant en poche pour les inviter à boire un verre mais je pouvais quand même les taquiner un peu.

Il ne faut pas regretter le passé. Tout est dans les mains de l'Architecte. Tout ce qui nous arrive est un test voulu par Lui. À présent, je suis un voyageur immobile, je passe des heures à observer le visage de mon Maître plus sec qu'un oued sans ondée, plus calme qu'une oasis. À chaque respiration, le poitrail et tout le haut de son corps se soulèvent, puis s'abaissent en s'écrasant telles les vagues sur les rochers. Je vis au rythme de cette houle. La santé de mon estimable Maître est précaire. Elle n'est plus qu'un bouchon malmené par les flots.

À l'observer ainsi des heures durant, je trouve dans cet exercice une concentration intense qui confine à la transe. Nous sommes reliés l'un à l'autre, dans le balancement de ses poumons. Nuit et jour, nous sommes le battement de la mer. Nous sommes le silence de la pierre. Je prie tout seul, à distance de mon Maître. Mais je prête une oreille de plus en plus distraite, de plus en plus lointaine à ses commentaires, à ses missives, à ses monologues et à ses disputes avec d'autres oulémas sur tel ou tel verset, tel ou tel hadith. Quand je ne bichonne pas mon rouleau de feuillets, il m'arrive de m'égarer dans mes rêveries, de pécher par pensées. Après tout, je ne suis qu'un petit être humain et un vermisseau comparé à mon Guide. Je rêve de corps de femme. J'ai faim de caresses. J'ai soif de baisers. Je pousse des soupirs et des râles d'orgasme. Le Malin a jeté son dévolu sur moi. Il ne me reste plus qu'à songer au savon qui lave les péchés. Car le Malin, de son côté, m'encourage à poursuivre mes agissements et mes divagations coupables. Ainsi, je rêve souvent de longues gerbes diaphanes lâchées sur des cuisses charnues. Je rêve de chairs caressées, possédées, aimées et aussitôt abandonnées. Je rêve de tétons rouge raisin, de croupe souple, de sexe lisse, de vulve entrouverte. Je suis tout entier concentré sur mon plaisir solitaire.

Ma rage décuple. Elle t'a trouvé, ou plus exactement tu es venu tout seul la trouver. Il ne fallait pas se mettre sur mon chemin. Il ne fallait pas abandonner lâchement les tiens comme tu l'as fait il y a quinze ans. Il ne fallait pas revenir sur les lieux de ton crime taquiner la mémoire de tes parents. Il ne fallait pas réveiller les fantômes du passé, mon ex-frère. Il ne fallait surtout pas travailler pour ces gens. Ma vengeance, elle, ne restera pas lettre morte.

Le Livre de Ben

… il a fait donc froid dans la montagne ce 25 septembre 1940. Vous grelottiez parce que vous n'aviez pas de vêtements chauds. Juste votre veste élimée, une chemise blanche pas très propre, un pantalon anthracite et des chaussures plus qu'usées. Dans l'après-midi vous étiez tous parti à l'assaut de la montagne pour une inspection. Vos compagnons vont redescendre à Banyuls-sur-Mer pour remonter à l'aube. Pas vous, vous n'en avez pas la force. Ils vous laissent seul dans la montagne. « C'est pour une heure, il n'y a pas de danger », murmuriez-vous autant pour les rassurer que pour vous donner du courage. Vous vous glissez sous la couverture offerte par Micheline Azéma, la femme du maire de Banyuls-sur-Mer, votre précieuse serviette en guise d'oreiller. Le sommeil tarde à venir. Vous comptez les étoiles, et vous repassez en boucle le film de votre existence. Aux premières lueurs, vos compagnons de route vous rejoignent sur le plateau frisquet. La forêt sommeille encore dans la brume et la rosée nocturne.

Vous n'avez pas bonne mine mais vous êtes mû, malgré tout, par une énergie souterraine. L'énergie du désespoir, celle du serpent occupé à mettre une distance entre lui et sa peau morte. À l'aube, vous vous mettez en route. Vous trottinez derrière le trio. Chaque pas vous arrache un morceau du cœur. Vous haletez comme une bête de somme écroulée sous le poids d'un wagon de marchandises. Les compagnons qui auraient vite dévalé le flanc de la montagne brident leur élan. Tous les trente mètres ou presque, il faut s'arrêter pour vous. Et vos jambes, Ben, se mettront à flageoler comme si elles voulaient se soustraire au réflexe atavique de la marche, comme si leur mouvement était entravé par une force inconnue. Vous vous dites qu'il faut continuer à marcher, que depuis toujours les hommes rampent sur cette terre, comme les chenilles dans l'attente du papillon diaphane qu'ils portent en eux. Vous êtes tous concentrés, l'air grave, la tête dans les épaules tandis que le jour se lève sur la Catalogne. Et dans le port de Lisbonne, votre seconde destination si tout se passe bien, c'est déjà la criée. Les vociférations des vendeurs de poissons se mêlent aux bruits des camions de la voirie. Les journaux éventent les grands sujets d'actualité qui se démodent en une nuit. Les Lisboètes s'enlisent dans de molles certitudes, se couchent à dix heures laissant le fantôme de Fernando Pessoa tourner en derviche de colline en colline. La chance vous conduira peut-être, jusqu'au port de Lisbonne et au-delà, à New York peut-être. Les efforts de vos amis Max Horkheimer, le couple Theodor et Gretel Adorno sans oublier Hannah Arendt, installés dans la nouvelle Mecque, ne resteront pas vains. Quand la chance veut bien vous sourire, rien ne lui résiste.

Il ne vous reste plus qu'à passer ce petit col Lister, un couloir pour contrebandiers, et sa voûte de brouillard. Il ne reste plus qu'à présenter vos documents à la douane espagnole de Port-Bou. Elle n'est certainement pas plus inhumaine que les molosses de la Gestapo et les museaux noirs de Pétain. Après, rien ne sera plus comme avant. Les grandes prairies américaines ont toujours su nourrir les cohortes de gueux partis des quatre coins de l'Europe, pourquoi refuseraient-elles leur sein nourricier à un philosophe timide et raffiné, un humaniste à l'ancienne qui connaît son Proust, son Baudelaire et son Kant sur le bout des doigts ?

À chaque pas, vous avez, Ben, la nette sensation de vaciller. Et le monde entier de basculer avec vous. Vous vous arrêtez, vous massez votre poitrine et, le plus souvent, vous essayez pendant de longues minutes de reprendre votre souffle. La petite troupe – composée de Lisa Fittko, une amie de Berlin, ainsi que de Henny Gurland accompagnée de son fils José, rencontrés en route – vous imite. Elle vous laisse, petit bonhomme grassouillet et bossu, le temps de retrouver vos esprits. Vous ne dites mot. Vous restez digne. Une sale pluie grise vous poursuit, du moins c'est ce que vous pensez, en regardant, la main en visière sur le front, le chemin parcouru. Derrière vous, tout en contrebas, le village de Banyuls-sur-Mer se réveille sous le crachin. C'est l'automne et les Pyrénées sombrent dans la mélancolie du petit matin strié par les vents maritimes. Il faut hâter le pas, c'est ce que vous faites sans vous retourner un seul instant...

Je ne verserai pas une larme sur le corps de mon frère, je ne me laisserai pas entraîner pour autant par la voix onctueuse de mon Maître. Il me reste ces pages éparses. Je m'accroche à elles, je m'attache à ces bouts de papier écorné. Je sursaute au moindre bruit lointain dans ce maudit cachot comme le vieux philosophe sur son chemin de crête. Je m'égare déjà. Je crois que je suis en train de perdre la tête.

Revoir « Petit frère »

Carnet n° 4. Dimanche 8 octobre. 11 heures.

Denise doit dormir profondément à cette heure-ci, il fait encore nuit là-bas. Qu'elle dorme en paix ! Elle m'a tout donné. Je suis son petit bonhomme. En sa compagnie, j'ai traversé les beaux jours de l'existence avec un livre de Walter Benjamin à portée de main sinon la musique d'Abdullah Ibrahim dans les oreilles. Un pianiste de cette envergure ne joue pas pour nous autres humains. Non il joue pour les archanges et les séraphins. Ses appels à la prière soulèvent un air frais, jailli du plus profond du cosmos, rivalisant avec les prières de John Coltrane, celles de *A Love Supreme* enregistré en 1965, soit sept ans avant la chanson de John Lennon, *Power to the People*, et douze ans avant ma naissance.

On retrouve cette même féerie, cette même exigence d'amour et d'absolu dans les écrits de jeunesse de Walter Benjamin. Lire une page d'*Enfance berlinoise* et écouter d'une oreille les murmures d'Abdullah Ibrahim, voilà une expérience à renouveler chaque fois qu'on traverse une passe difficile dans la vie.

Né au Cap en 1934, classé « métis » selon les lois de l'Apartheid, cet artiste abandonne son véritable patronyme, Adolph Johannes Brand, après sa conversion à l'Islam en 1968. Il sera Abdullah. Serviteur d'Allah. Tour à tour pianiste, saxophoniste soprano, flûtiste, violoncelliste et chanteur, toujours il fait merveille. Pourtant rien ne le prédestinait à ce rang de soufi véloce.

Si Denise m'a sauvé la vie, Abdullah Ibrahim m'a montré la voie. Certes, je ne suis pas devenu aussi pieux que lui mais le sacré et la spiritualité ne me font plus peur. Un univers vide et glacial, sans Dieu, n'est pas pour me plaire. Un univers qui ne serait que champs magnétiques et poussières minérales, tournoyant sur lui-même, sans dessein aucun ? Non, trop peu pour moi. Je préfère les volutes, les entrelacs et les silences d'Abdullah Ibrahim. À chacun sa voie, à chacun sa musique, son destin. Je comprends même un peu mieux la trajectoire tragique de mon frère. Il n'avait rien à perdre. Il était déjà perdu, émietté de l'intérieur comme moi en perdant l'affection de notre mère. Hagard, il a cherché partout des yeux dans lesquels se mirer.

Qu'est-ce que je ferais demain si je me retrouve en face de mon frère ici même dans cette cour où je suis en train de rédiger le témoignage de la Française convertie à l'Islam sous la houlette du dénommé Aref ? Aurais-je le courage de le prendre dans mes bras ? D'effacer par un coup de baguette magique les aléas du passé ? Je m'interroge, je doute, et pourtant, je n'en montre rien et continue à sonder les liens mystérieux entre la Française et son confesseur Aref.

Nerveux, je tends l'oreille. Les sens à l'affût. Chaque bruit m'arrache un morceau du cœur. Les deux anges gardiens que j'ai amenés avec moi sont-ils dehors à faire le guet ? Sont-ils là pour me protéger ou pour me trahir ? M'éliminer le cas échéant avant de me dépouiller ?

Passage des larmes

Des enfants jouent toujours dans la ruelle d'en face. Aucun bruit suspect à signaler pour l'instant. Aucun signe susceptible de m'embraser à la hauteur de mes peurs paniques.

Dhad.

Puisque tu es revenu à Djibouti, appâté par l'attrait du gain, puisque tu as choisi délibérément ton camp : celui des judéo-croisés, ton sort doit être scellé à l'heure qu'il est.

Qays a reçu notre feu vert hier soir. Il a accepté pleinement sa mission. Il était calme, absent au monde. Ne t'en fais pas Djibril, tu ne sentiras rien. Tu ne sentiras même pas le fil du poignard qui te tranchera le cou puisque tu n'as jamais rien senti de ta vie. Je ne t'envie pas faux frère, je te plains.

Tu débarques d'Amérique, le pays des eunuques. Tu tomberas d'un coup, tu te videras de ton sang le plus longtemps possible.

Personne ne viendra à ton secours. Tu pourriras sur la décharge publique.

Je prie Allah le Justicier pour qu'Il fasse en sorte que Qays, notre jeune martyr de Tadjourah, accomplisse sereinement sa mission. Je ne me fais pas trop de soucis, il a été formé par Cheikh Aref, notre meilleur recruteur dans le pays.

Quant à moi, je serai un autre homme demain. Après-demain ou un jour prochain. Nos chemins n'ont pas eu l'occasion de se croiser une dernière fois. Qu'il en soit ainsi. Allahou Akbar !

Le jour d'avant la nuit

Carnet n° 4. Dimanche 8 octobre. Midi.

Inutile de se voiler la face, j'éprouve de la peur à tout instant. J'en ai le feu au front, la sueur aux tempes. Je suffoque. Mes jambes, mes mains, tout tremble. Je la vois, cette peur, migrer dans les regards fuyants des gens ou dans les silences qui tombent avant le début du couvre-feu avancé, depuis hier, à dix-huit heures. Certes ce n'est pas la première fois qu'elle m'accoste mais depuis deux jours je dois convenir qu'elle ne me quitte plus. J'ai beau vomir le contenu de mes entrailles, elle me colle à la peau comme une chemise mouillée. Je refuse de prévenir Denise, du moins pour l'instant. De quel secours me serait-elle depuis Montréal ? Je vais me débrouiller tout seul, tenir encore vingt-quatre heures. Je rejoindrai si nécessaire le périmètre de sécurité d'une ambassade. Le consulat français et l'ambassade américaine ne sont pas très loin de mon hôtel. Cinq ou six minutes à pied.

Carnet n° 4. Dimanche 8 octobre. 12 h 13.

Par chance, le fax de l'hôtel marche plutôt bien. J'expédie les premiers résultats de mon enquête à Denver, par email depuis mon ordinateur. J'envoie un mot de confirmation par fax. Et si j'ai le temps, j'envoie un email à Denise pour la rassurer. Elle doit être morte d'inquiétude, la pauvre. Enfin, je partirai ce soir si tout va bien, sinon demain au plus tard. Je suis conscient que le moindre obstacle de dernière minute peut tout remettre en question. C'est à mes risques et périls, m'avait prévenu Ariel Klein, l'avocat de mon employeur. S'il m'arrivait quelque chose, ils ne lèveront pas le petit doigt. Pire, je n'existerai plus à leurs yeux. Je suis un code inconnu, un programme caduc à jeter, d'un clic de souris, dans la corbeille.

Carnet nº 4. Dimanche 8 octobre. 12 h 35.

Par divers recoupements je suis arrivé à la conclusion que ce mystérieux M. Aref est un agent au passé trouble. Natif de Tadjourah, cet ancien sergent de l'armée djiboutienne a été révoqué à la suite d'une sordide affaire de corruption à l'âge de quarante-six ans. Il a pris sous son aile une multitude de jeunes gens attirés par la violence ou soulagés de quitter les rives déprimantes du chômage. Il a croisé la route d'Abchir avant de quitter discrètement le pays pour Marseille où il épousa, en secondes noces, une Comorienne très religieuse. Puis il monta à Paris où il avait ses entrées dans une mosquée de banlieue fréquentée par des éléments islamistes jugés radicaux par les services du contre-espionnage français. Les sbires de l'ambassade de Djibouti suivent de près ses mouvements. Il excelle dans la persuasion et le recrutement d'individus fragiles. Les voyous repentis, les anciens drogués et les artistes déchus sont ses victimes les plus prisées. Son profil colle avec le témoignage de la Française qu'il avait pris sous son aile en même temps qu'un adolescent sans histoire prénommé Qays comme le célèbre poète des temps antéislamiques. Sur ce dernier, on ne sait pas grand-chose sinon que c'est un jeune homme sans histoires. Pas de casier ni de fiche signalétique. J'ai juste pu apprendre qu'il s'était marié récemment avec une fille de son village. Un millionnaire de la place avait offert à une trentaine de couples une cérémonie collective qui s'est déroulée dans un grand hôtel et sous les caméras complaisantes de la télévision nationale. Cette immense mascarade a été organisée juste après la fête de l'Aid el Fitr. Ce Qays doit être un falot ou un fanatique pour se prêter à pareille comédie.

_Ta._

Ô mon faux frère ! Je vais te faire une dernière confidence. Écoute-la bien si tu en as le
loisir et si tu es encore de ce monde. Il s'agit à
vrai dire non pas d'une confidence mais d'une
sensation rare. Rien de commun avec la course
ordinaire des choses sur cette terre.

Je ressens, c'est indéniable, une boule dans
la gorge en tenant entre mes mains ce parchemin, car c'en est un même s'il n'en a pas l'air.
Longtemps j'ai cru que j'avais là un amas de
feuillets, sans réel pouvoir d'évocation. J'ai cru
aussi que j'allais venir à bout de ces pages à
demi effacées en les recouvrant de mon écriture, que j'allais les noyer dans les sermons
de mon vénérable Maître et dans les flots de

mon encre noire. Je reconnais que j'ai péché par manque d'humilité car j'étais sûr de mes moyens un peu à la manière des prostituées qui sont certaines d'entraîner tout mâle dans leur lit de pécheresse. C'était sans compter avec la force du parchemin. Il est là, rayonnant de fraîcheur, résistant à l'humidité, doux au toucher bien qu'ondulé et boursouflé par endroits.

J'ai su, dès cet instant, que ma vie allait prendre une tout autre direction. Oh, pas tout de suite! Ce sera pour demain, après-midi ou un autre jour. L'essentiel est que l'histoire de Walter Benjamin, le philosophe exilé à Paris, se soit immiscée dans ma vie, irriguant son charme souterrain. Qu'elle m'ait captivé; mieux, conquis. J'ai délaissé pour elle les commentaires routiniers de mon Maître. Peu importe son auteur, ce parchemin m'envoûte déjà et il n'a pas livré encore tous ses secrets. En attendant, il me faut garder silence. Sinon ma quête à peine entamée sera totalement anéantie. Et je n'ose même pas imaginer les réprimandes de mon maître et les châtiments que j'encours.

Dès que mon vénérable Maître s'assoupit, je bichonne mon grimoire, attiré par son odeur de vieux papier et par sa magie. Une fois les premiers feuillets passés, on arrive au véritable palimpseste qui s'offre à vos yeux tel un cœur d'artichaut. À force de parcourir avec attention et délicatesse l'aubépine de ses pages, j'ai découvert des locataires inattendus. Des créatures fragiles et antiques à la fois. Une patte d'insecte, un pétale de rose, des cristaux de sel et deux cheveux blancs encastrés dans la texture grasse du vélin. Ce sont là les traces du passé. De menus vestiges. Qu'est-ce que le cerveau humain, sinon un palimpseste naturel ? Qu'est-ce que ce livre sinon un hommage à l'esprit humain et à son immense aura ?

Si ce livre est arrivé jusqu'à moi, c'est qu'il a été sauvé par d'autres passeurs à chaque période cruciale de son existence. Je serai son déchiffreur et son protecteur. La personne qui en est l'auteur ou, à tout le moins, le passeur n'est peut-être pas celui ou celle qui l'a caché dans ce trou creusé au milieu de notre cachot. Il m'a fallu du temps pour détecter dans le sol des trous d'air pas plus grands que la pointe d'un petit clou, puis creuser avec les doigts. Heureusement que le ciment attaqué par l'iode s'effrite sans trop de difficulté.

Il m'a fallu encore tromper la vigilance de mon vénérable Maître. Mais je me rends compte qu'il n'est pas impossible que mon

Maître soit au courant de l'existence de mon trésor. Curieux comme il l'est, il doit connaître l'ancienneté de ce bagne et les prisonniers de jadis. Cultivé comme il l'est, il ne doit pas ignorer non plus l'étonnante découverte des Manuscrits de Qumran. Également appelés Manuscrits de la mer Morte, cette série de parchemins et de fragments de papyrus, retrouvée dans des jarres disposées dans des grottes tout autour du site de Qumran, est de mille ans antérieure aux plus anciens textes bibliques connus jusqu'alors. Le hasard a voulu qu'au printemps 1947 un petit Bédouin palestinien nommé Mohammed Ahmed el-Hamed, parti à la recherche de l'un de ses animaux, tombe sur ces jarres.

Mon vénérable Maître n'apprécierait pas cette découverte. Il attendrait le moment propice pour mettre fin à mes manœuvres et m'envoyer à la mort pour trahison.

Je le surveille d'un œil et dès qu'il plonge dans un état de somnolence, je creuse deux centimètres. Le plus souvent, j'en oublie mes désirs terrestres et ces sermons apocalyptiques. J'ai le sentiment d'être quelqu'un d'autre dont le souffle de bête sauvage parvient à mes oreilles.

Ta.

Aujourd'hui, je ne puis taire plus longtemps le contenu de ce document qui s'est invité à moi ou plutôt s'est imposé à moi. J'ai entre les mains cet objet insolite. Je lui trouverai un sanctuaire après ma mort si tel était mon destin et c'est ça qui compte. Et si je sors vivant de cette prison, je le garderai tout près de moi le temps qu'il me sera donné de vivre. Mon sort est toujours entre les mains d'Allah le Grand Géomètre – et c'est bien ainsi…

Le Livre de Ben

… tout s'est passé très vite à Port-Bou. Les policiers espagnols ont refusé de laisser passer le vieux Ben. Une nouvelle circulaire, disent-ils. Seuls les gens munis d'un visa de sortie de France peuvent passer la frontière. Absurde, rétorque Ben excédé. Refouler ces gens, c'est les renvoyer dans les pattes de la Gestapo. Autant dire les condamner à mort.

Ben manque de s'écrouler. De fatigue, de dépit. La maladie le ronge aussi depuis long-temps. Il n'a que quarante-huit ans. Il n'a pas la force de rebrousser chemin.

C'est dans une chambre exiguë de la pension Fonda Francia qu'il rédigera sa dernière lettre, emportant avec lui son brasier d'énigmes.

Passage des larmes

« *Dans une situation sans issue, je n'ai d'autre choix que d'en finir. C'est dans un petit village dans les Pyrénées où personne ne me connaît que ma vie va s'achever.*

Je vous prie de transmettre mes pensées à mon ami Adorno et de lui expliquer la situation où je me suis vu placé. Il ne me reste pas assez de temps pour écrire toutes ces lettres que j'eusse voulu écrire. »

Walter Benjamin à Henny Gurland (et Theodor Adorno ?)

Port-Bou, 25 septembre 1940.

ÉPILOGUE

1170 Sunset Boulevard, Adorno Location Scouting HQ, Denver. Dimanche 8 octobre. 7 h 20.

Le dossier intitulé DD1 (Dubai/Djibouti n°1) a été faxé aujourd'hui à 12h15, heure locale, depuis le lobby du Sheraton Hôtel au siège central de l'ALS (*Adorno Location Scouting*).

La dernière page récapitule les recommandations consignées de la main de notre agent en termes codés. Le dernier paragraphe reprend le fil de la confession de la Française, sans plus de commentaires comme s'il n'avait pas eu le temps de fignoler ce témoignage et d'en tirer les conclusions. Pour le reste, c'est un bon rapport assez détaillé qui répond à nos exigences professionnelles.

Le corps de l'agent Djib a été retrouvé dans une décharge publique, tout près de la plage la

Passage des larmes

Siesta, à Djibouti-Ville. Il a été passé à l'arme blanche. Il est probablement mort en se vidant de son sang. Les autorités locales ont ouvert une enquête. Le crime crapuleux est exclu puisque la victime n'a pas été dépouillée. Selon les informations encore parcellaires à ce stade, les services de renseignements locaux se concentrent sur la piste de la « Nouvelle Voie », une organisation terroriste bien connue de nos services.

Global Logistics Bureau.

Remerciements

Durant l'écriture de ce roman, j'ai bénéficié, lors de ma résidence d'écriture à Berlin en 2006-2007, de toute l'attention de Laura Munoz et Nina Hardt, du Berliner Kunstlerprogramm (DAAD).

Qu'il me soit permis de remercier également Timothy Peltason, Anjali Prabhu, Lidwien Kapteijns et Mursal Farah Afdub qui m'ont apporté, de diverses manières, leur aide précieuse lors de mon séjour en tant que Susan and Donald Newhouse Humanities Fellow (Wellesley College, USA), en 2007-2008.

Trois écrivains ont, à ma connaissance, pris pour matière romanesque la vie du philosophe Walter Benjamin. Il s'agit de l'Américain Jay Parini (*Benjamin's Crossing*, 1996), du Colombien Ricardo Cano Gaviria (*El pasajero Walter Benjamin*, 2000) et de l'Italien Bruno Arpaia (*Dernière Frontière*, Liana Levi, 2002, dans sa traduction française).

Passage des larmes

Même si nous avons pris des voies diverses, il me plaît de me trouver en si bonne compagnie.

Enfin, je dois beaucoup aux nombreux et lumineux exégètes (Theodor Adorno, Hannah Arendt, Stéphane Mosès, Tilla Rudel, Gershom Scholem, Susan Sontag, entre autres) qui se sont penchés sur la vie et l'œuvre de ce singulier penseur et à mon ami Tahar Bekri, poète et universitaire tunisien, qui s'est penché sur le lexique coranique.

À tous ma reconnaissance.

Ce volume a été réalisé
par I.G.S.-CP à L'Isle-d'Espagnac (Charente)

Cet ouvrage a été imprimé en France par
CPI Bussière
à Saint-Amand-Montrond (Cher)
pour le compte des Éditions Lattès
en juin 2009

N° d'édition : 01 – N° d'impression : 091735/4
Dépôt légal : août 2009